张謇与近代百位名人

庄安正　著

中国环境出版集团·北京

图书在版编目（CIP）数据

张謇与近代百位名人/庄安正著．—北京：中国环境出版集团，2020.7（2020.12 重印）
ISBN 978-7-5111-3932-0

Ⅰ．①张…　Ⅱ．①庄…　Ⅲ．①传记文学—中国—当代　Ⅳ．①I25

中国版本图书馆 CIP 数据核字（2019）第 048820 号

出 版 人　武德凯
责任编辑　周　煜
责任校对　任　丽
封面设计　李　德　彭　杉

出版发行　中国环境出版集团
（100062　北京市东城区广渠门内大街 16 号）
网　　址：http://www.cesp.com.cn
电子邮箱：bjgl@cesp.com.cn
联系电话：010-67112765（编辑管理部）
发行热线：010-67125803，010-67113405（传真）
印　　刷　北京中科印刷有限公司
经　　销　各地新华书店
版　　次　2020 年 7 月第 1 版
印　　次　2020 年 12 月第 2 次印刷
开　　本　787×960　1/16
印　　张　16.75
字　　数　200 千字
定　　价　58.00 元

序　张謇是谁

潘　岳

很多人想给张謇一个定义，却没有一个定义能完全概括。

张謇第一个标签，是实业救国的民族工业家，这是毛主席提过的。

但若说张謇的首要角色是工业家，则远远不够，他的政治色彩更为浓重。在中国近代史几大政治转折处，他都扮演了关键角色。仅以“走向共和”前的几件事为例：是他将梁启超引荐给翁同龢，开启了维新运动序曲；是他促成刘坤一、张之洞提出了东南互保，成为地方自治的首倡者；是他发起了预备立宪公会，成为立宪运动的领袖；是他起草了清帝退位诏书并幕后主持了南北议和，成为“民国的助产士”。

在庄安正同志编写的《张謇与近代百位名人》这本书里，极简要概述了张謇与清末民初近百个风云人物的交往。有清帝光绪与摄政王载沣，以及善耆及端方；有清流名臣翁同龢、张之洞、沈葆桢；有维新派康有为、梁启超、谭嗣同；有北洋政权袁世凯、黎元洪、徐世昌、冯国璋，以及唐绍仪与熊希龄；有奉直皖系几大首领张作霖、吴佩孚、孙传芳、徐树铮；有革命先驱黄兴、陈其美、蔡锷、章太炎；有国民党元老胡汉民、汪精卫、谭延闿；还有各界翘楚蔡元培、黄炎培、罗振玉、王国维、竺可桢、丁文江、梅兰芳、吴昌硕……如此等等，不胜枚举。这些人物的年龄跨度约半个世纪，立场上泾渭分明、有的甚至互为仇雠，但都对他基本认同，且都与他在不同时段共同谋办了历史大事，这种能量与维度，在当时的政治家中并不多见。

张謇第二个标签是“立宪之父”。清末新政时，他是预备立宪公会的会长、各省咨议局联合会的实际领袖。他第一次将西方议会政治引入两千多年的中央集权政体；他领导发起的国会请愿运动，客观上催化了辛亥革命的到来；他更是民国初年的议会政党领袖，一系列新观念引领了政治潮流。

但张謇的政治道路比“立宪”要复杂。他曾是帝党的骨干，却第一批投向共和；他起草了清帝退位诏书，被保皇党斥为“张、汤之罪”；他作为立宪派的领袖，却支持了袁世凯；在袁称帝后，又转而支持蔡锷的护国运动……他一生多变的政治立场，和梁启超不断变化的主义一样，成为了研究者需要不停解释的一个问题。

一

万变不离其宗。张謇万变中所坚守的“宗”，是大一统与共和。他的政治理想，一是现代民族国家的大一统政治文化格局，以及维持大一统的强力政府；二是保证中央权力不沦为私属的宪法，即共和宪政。两者缺一不可。

他在清帝宣布退位之前五十天（1911 年 12 月 22 日）发布的《共和统一会意见书》，是这一理想的集中表达：“夫欲维持中国今日之分割，不得不以维持领土为第一要义。”“夫吾人之所谓为共和主义者，非谁某一族一姓之共和主义，乃合全国之二十二行省，及蒙盟藏卫，而为一大共和国。要以言之，即统汉、满、回、蒙、藏之五种人，而纳之一共和政体之下者也。”“设共和政治进行时代有力之枢机，而即成一巩固健全之大共和国家者。”

他始终贯穿着这一原则。

他的共和，是大一统制度下的共和。辛亥革命之后，各省通电独立，他明确主张，此“独立”是指各省相对于清廷政权而独立，但绝不是指背弃大中华共同体而各自独立。“夫独立云者，离北京政府而独立，非各自独立之谓者。”

他的地方自治，是大一统制度下的自治。东南互保，只是暂时不听从清廷乱命，中央稳定后，还是要回归的。

他的立宪和议会，也是大一统下的立宪和议会。当议会变成乱源，他便命令儿子拒绝参加。“……在沪及舟中，又知议会种种幻象，污浊昏扰甚矣。开会期近，儿其坚辞，以全我父子之清白。”

在内忧外患最为严峻的关键时刻，以张謇为首的立宪派为维护大一统做出了特殊贡献。

辛亥革命前后，革命党“驱除鞑虏”的排满狂潮引发了满蒙王公的恐惧。日本趁机插手满洲，俄国策动外蒙独立，内蒙、西藏、新疆也日趋不稳，大中华分裂迫在眉睫。张謇大急，提出以共和政治解决民族问题的方案：“俄人垂涎蒙古，非止一日。为今之计，惟有蒙汉合力，推诚布公，结合共和政治。强邻觊觎，可以永绝。汉、蒙、满、回、藏五族，皆有选举大总统之权，也都有被选为大总统之资格。”

此时，革命党武昌起义的旗子是“十八星旗”，象征着建立不包括满蒙藏疆的十八省汉族国家。而张謇等立宪派主导的江浙等地，使用的则是五族共和的五色旗，象征着包括满蒙藏疆在内的二十二省。为“五族共和”上下奔走的江苏督军程德全与浙江督军汤寿潜等人，都是张謇的立宪派骨干。张謇与革命党黄兴、陈其美、宋教仁、伍廷芳等人交情深厚，并在“五族共和”上达成一致。最终，立宪派与革命党内部力量共同促使孙中山正式提出了“五族共和”。

而在清廷这边，张謇一方面支持袁世凯维系多民族大一统，一方面在其起草的《清帝逊位诏书》中明确提出“满、汉、蒙、回、藏五族完全领土为一大中华民国”。如今史学界对梁启超、杨度等人在“五族共和”基础上创造的“中华民族”概念已有定论。但深究史料当可发现，从革命党到袁世凯到清廷，以张謇为首的立宪派“一手托南北”，对政局向“五族共和”的实际转变发挥了更为重大的作用。看到如今的中华民族共同体，看到如今的中华民族伟大复兴，当念及“张謇们”当时的良苦用心与惨淡经营。

二

张謇与袁世凯有五年紧密合作。

1911 年 6 月，他绕道彰德与斥退在家的袁世凯共商大计劝其出山；1912 年帮袁世凯协调南北运作临时大总统；1913 年为袁世凯将梁启超请回国共组“进步党”以对抗国民党；1915 年底在袁世凯称帝之前辞职回家。

对袁世凯的历史评价另当别论。但有一点可以肯定，张謇对袁世凯绝非政治依附。他青年时即认识袁世凯，深知其权术心性，并因此断交二十年。与许多士大夫一样，张謇当时心中迫切希望的，是找到一个能尽快维护大一统的中央权威，哪怕这个权威是脆弱的。如同他在《共和统一会意见书》中所写，“设有力之枢机，而即成一巩固健全之大共和国家”。更如同他在去世三年前写的《啬翁自订年谱》序言中所说，民主发端于法国和美国，因民主政治在“灭害平争”方面优于君主政治，所以自己笃行民主十四年。但后来发现，单纯的民主制度虽然将一二人之专分散为千万人之专，但争战还是一样的。因为国家权力像鹿散于野而无主，反而激发了更多的恶斗。要熄争止战，只有建立唯一且强大的政治中心，才能恢复统一和秩序。“一国之权犹鹿也，失而散于野则无主，众人皆得而有之，而逐之，而争以剧。一人捷足而得之，则鹿有主，众无所逐，而争以定。”

他与革命党不同。究其出身来源，张謇的状元并非由道德文章一蹴而就，而是从军务起家，辗转游幕，办理实务。他一生对“实务”有着非同常人的执着，对政治人物的判断也将“治平能力”列为首位。

1912 年 1 月 3 日，孙中山回国之后的第 12 天，张謇就急迫地与孙中山见面长谈。谈话内容大致涉及了新政权的军队和财政等实际问题。而孙中山对此类问题则回答说：“予不名一文也，所带回者革命之精神耳。”尽管张謇之后对孙中山的革命精神一直称颂不已，但他当时却评价孙“不知崖畔”。他认为孙中山不太懂中国实际，“于中国四、五千年之疆域、民族、习俗、政教因革损益之递变，因旅外多年，不尽了澈”。和孙中山相比，袁世凯的北洋势力，也许能以最小的动乱成本维持大一统。况且，袁世凯在天津的新政，亦证明了其治国能力。

张謇选择了袁世凯。以东南士绅领袖身份为袁接任临时大总统而在南北和谈代表之间进行幕后斡旋。与孙中山谈话 7 天之后（1 月 10 日），他将南北斡旋成功的结果通报袁，“甲日满退，乙日拥公，东南诸公一切通过”。在袁世凯迫使清帝退位的第二天（1912 年 2 月 13 日），他立即辞去了孙中山南京临时政府的实业总长，投入北京政权。

投入北京政权不到一个月，张謇创建了民国建立以后第一个采用党的名称的政治团体——“统一党”，其纲领是“团结全国领土，厘正行政区域”“完成责任内阁”。身为立宪派领袖，亲自组织的第一个政党，不叫立宪党，而叫作“统一党”。

当宋教仁被刺案激起国民党“武力讨袁”时，他力戒南北分裂，主张法律解决，谴责国民党好战派“不凭法律，不凭议案，而先自南北分裂”。他的观点影响了革命党人汪精卫与黄兴，使黄兴秉持“法律解决”徘徊了较长时间之后才最终反袁。

当袁世凯取消国会后，同为“名人内阁”的熊希龄与梁启超愤而辞职。作为国会的创制者，在没有国会的一年多里，他却留了下来，冀望着袁不要迈出最后那一步。但他彻底失望了。张謇为了大一统能容忍“终身大总统”，却不能容忍复辟帝制。因为，他的底线不只有统一，还有共和。

谁搞分裂，张謇反对谁；谁反共和，张謇亦反对谁。他的一切变与不变，都围绕着“统一”与“共和”这个双向合一的主题。

当袁世凯维护大一统，张謇选择支持袁；当袁世凯走向帝制反对共和，张謇选择与袁分道扬镳，袁再度请求他帮助“转圜南北”，他断然拒绝。但护国战争亦不是张謇心中所望，他没有参与梁启超在各地的策反活动。他认为，打倒一个大强人，会放纵出无数小军阀，造成更大的分裂。他当时做的是劝冯国璋在南京成立中央政府，维持共和国体，继承而不是分裂北洋，以换取全国“统一”与“秩序”。

也是在《啬翁自订年谱》序言中，他写道，虽然一人可“得鹿”，但如果得之而不为公心，一定会失去。人皆有私欲，确保权力为公不为私属，只能依靠宪法。而民国宪法的根本精神，正是共和。“然一人独有众之所欲，得而又私，而不善公诸人，则得亦必终失……世固不能皆舜禹也，不能舜禹而欲其公，固莫如宪法。”

可惜，在张謇的时代，拥有统一能力的人，没有共和之灵魂；拥有共和灵魂的人，又没有统一之能力。这是他依违不定、彷徨其间、无力回天的时代悲剧。他生早了二十年，他的理想，只能由一批新的历史人物来实现。

三

1916 年之后，张謇不再涉足政治。他回到南通，转向了扎实的地方建设。在张廷栖等同志编写的《张謇所创中国第一》这本书中列举了，他建设了中国第一个拥有城市规划的近代城市，第一个实行小学义务教育的县级单位，创办了第一所师范学校，第一所盲哑学校，第一个纺织学校、水利学校、水产学校、航海学校、戏剧学校。第一个公共博物馆，第一个气象站，第一个测候所。他建设医院、养老院、剧院，扶植了中国第一个科学社团“中国科学社”，他甚至制定了中国第一部《森林法》……其实，这又何尝不是他的政纲。他搞了大半生政治，无非是想在全中国土地上做这样宏大的开发。既然时非所与，那只能建一个小小的乌托邦作示范了。

这些眼花缭乱的“第一”之中，最重要的，是教育。这是他的第三个标签。无论在他权力鼎盛事务繁忙时，还是在他退出政坛能量微薄时，都不遗余力办教育。但他办教育的方法，又与别人大不相同。

他的朋友中，蔡元培重塑了北大，严修创办了南开，办的都是大学。只有他，力主中西合璧的新式教育应从娃娃抓起，应覆盖全社会而不留任何盲点，应从幼儿园、小学、中学、职业教育开始。他自己生活上至勤至俭，却倾其所有，连续十几年，一口气办了近四百所各种门类的基础学校，完成了一个完整的近代国民教育体系。早在 1903 年他去日本考察教育时，要求“学校形式不请观大者，请观小者；教科书不请观新者，请观旧者；学风不请询都城者，请询市町者”。

蔡元培不同意张謇。他说：“没有好大学，中学师资哪里来？没有好中学，小学师资哪里来？所以我们第一步当先把大学整顿。”可张謇却认为，老师可以从师范里来。小学为先，师范为本，办基础职业教育，才是数十年后彻底提升国民素质的根本之法。他和黄炎培一起创办了中华职业教育社，甚至还去改造妓女和囚犯，还去教育哑人。这些观点即便在今天，对国民教育方向是精英化还是平民化的问题，对扶贫攻坚等民生工程，仍有探讨价值。

他朋友们办的那些大学里，出来了一批批中国现代化精英名流，他的朋友们也自然成了一脉脉学派领袖，名满海内外，桃李遍天下。而张謇学校里出来的，是一批批优秀基层教师，一批批有文化的工人农民，一批批医生与农技师，一批批学会基本技能的残疾人和被改造过的囚犯妓女。这些人没有能力来光大他的名声，支撑他的学派，而是化成了中国现代化沃土中的一粒粒种子，化成中国国民素质脱胎换骨过程中的一滴滴清泉。至今，没有一个近代名人说自己是张謇的学生。

功成不必在我。功不必急功近利而成。功当在多年后验其效。南通既不是政治中心，也不是经济中心，但一百多年来，却始终保持着模范城市的地位。正是这些有文化的普通人，持续孕育出几代新中国的各界骨干。张謇创办和支持过的那些学校，他生前绝没料到，多年后都发展成为海内闻名的大学。他 1902 年创办的通州民立师范学校附设农科，变成了扬州大学；他 1905 年支持创办的复旦公学，变成了复旦大学；他 1915 年参与创办的南京高等师范学校，变成了南京大学、东南大学、南京师范大学和上海财经大学；他 1917 年支持复校的同济医工学堂，变成了同济大学。他曾经资助并任校董的南洋公学，变成了上海交通大学；他参与发起并任校董的暨南学校，变成了暨南大学。还有一批他创办的更为专业化的技术学校，也变成了各行业的最高学府。如他 1910 年创办的中国陶业学堂，变成了景德镇陶瓷大学；他 1911 年创办的吴淞商船学校，变成了上海海事大学和大连海事大学；他 1912 年创办的南通纺织专门学校，变成了东华大学；他 1912 年创办的吴淞水产学校，变成了上海海洋大学；他 1915 年创办的河海工程专门学校，变成了河海大学；他 1898 年还为翁同龢草拟了《京师大学堂办法》，京师大学堂就是今天的北京大学。

再回到人们最熟悉的那个老标签“民族工业家”。和其他搞航运、交通、化工、金融的巨子相比，他主要搞轻工业，兼以开垦盐荒治理淮河。一度想发展航运，但并没有成功。大生纱厂只有 1912 年到 1921 年的十年好光景，1925 年就被债权人接管了。然而，是张謇，而不是那些更成功的巨商们，被现代企业家们追溯为精神领袖。因为他主动挑到肩上的社会责任，远远超出了“实业家”和“商人”的身份。他从来不是想建立一个商业帝国，而是想建设一个理想社会。他所提倡并身体力行的是，企业家不仅要做大，更要做实；不仅要爱国，还要爱社会；不仅要办慈善办公益，还要育平民担责任。这是士大夫的根本价值观所决定的。而企业家精神加传统士大夫精神正是中华近代商道的内核。这方面研究成果已有很多，就不多讲了。

四

张謇逝于 1926 年 8 月，是因为发烧。发烧了他还要照常一意孤行，和工程师们一起去视察江堤。结果越烧越重，二十四天后就去世了。临终时没有言语，没有计划，没有留下遗嘱。

他的最后几首诗，是生病前三天的《星二首》。这一天是农历六月十八，本来应该有较圆的月亮。他夜深不眠，守候许久，却没等到。

江昏不得月，暑盛独繁星。
掠电偏难掩，摇风闪未宁。
有人愁太白，无始满空青。
岁已非吴越，占家莫狃轻。

聚若真成汉，沉忧独庶民。
在天犹没浪，照地若为春。
帝坐虚共主，农祥愿丈人。
斗箕勿相笑，南北正烟尘。

“江昏不得月，暑盛独繁星。”没有皓月一轮，只有星斗漫天。如同 1926 年的中国，几十个割据的军阀，实质的统一仍遥遥无期。此时，北伐军刚刚誓师出征（7 月 9 日）。“斗箕勿相笑，南北正烟尘。”新的历史因缘，将在这烟尘中诞生。

关于对张謇的历史评价，胡适的“序言”流传最广。胡适比张謇小三十余岁，从没见过张謇，但却是张謇参与筹办的“中国公学”所培养出来的。是他撒播的诸多因缘中的又一个。胡适写道：“张季直先生在近代中国史上是一个很伟大的失败的英雄，这是谁都不能否认的。他独立开辟了无数新路，做了三十年的开路先锋，养活了几百万人，造福于一方，而影响及于全国。终于因为他开辟的路子太多，担负的事业过于伟大，他不能不抱着许多未完的志愿而死。”

张謇的政治道路，是失败的、中断的。但他顽强地创造了无数条覆盖于荆棘下的小路，经过百年大潮洗刷之后，这些小路显露出来，密密麻麻连成了一张新的路网，到今天还能供人行走。

他做的时候，未必知道哪些能留下来，不过凭借着一颗纯正的初心。家国天下的初心，无论如何变迁，始终不会错。

因此，张謇是谁？胡适的话，不是结束，只是开始。对中国近现代史的研究，一样没有结束，只是开始。

于 2018 年中秋

目　录

张　謇　与　光绪帝

光绪二十年（1894年），张謇状元及第。事实上，张謇摘取状元桂冠，除依靠自身努力以及翁同龢等扶掖外，还必须得到光绪帝的恩准。翁同龢曾描述他向光绪帝推荐张謇为一甲一名时的对话：“卯正，上御乾清宫西暖阁，臣等捧卷入，上谛观第一名，问谁所取，张公（指张之万）以臣对……臣以张謇江南名士，且孝子也，上甚喜。”大事由此敲定。第二天“皇上御太和殿传胪，百官雍雍，礼乐毕备”。张謇由光绪帝亲自“授翰林院修撰”，其“天子门生”的称号由此而来。太和殿传胪是张謇一生引以为荣的大事，张謇从此对光绪帝充满感恩之情。随后，甲午战争爆发，张謇挟新科状元锐气，单衔呈翰林院掌院代奏光绪帝，痛斥李鸿章，要求皇上“另简重臣，以战求和”。

光绪二十四年（1898年），张謇丁忧期满回北京销假。此时正值“戊戌变法”高潮，光绪帝与慈禧太后关系日趋紧张。张謇目睹了翁同龢为光绪帝拟《明定国是》诏书，随即见到翁同龢被开缺回籍。就在这时，张謇奉旨入乾清宫，见到光绪帝，“瞻仰圣颜，神采凋索”，心中亦很难受。因担忧时局混乱，张謇离京南返。不久，慈禧太后果然发动政变，囚光绪帝于瀛台。张謇遂联络刘坤一，并为其代拟《太后训政保护圣躬疏》，上奏朝廷以设法维护光绪帝的地位与人身安全。光绪二十六年（1900 年），义和团运动爆发，八国联军攻入天津、北京，张謇又联络刘坤一等，筹商如何将光绪帝迎至南京等方案。

光绪三十四年（1908 年），张謇获悉光绪帝与慈禧太后相继去世。对光绪帝的去世，张謇心中极为沉重，“稍有知识者无不疑眩哀痛”。他又对在慈禧太后的把持下，清政府透露皇上、太后病情的不同方式表示愤慨：“（皇上）日进方三四纸，进药三四碗。太后病服药，则不许人言也。”他甚至对光绪帝的死因表示怀疑：“八月各省保荐医生南来，固言上无病。”光绪帝去世后，张謇拟《德宗景皇帝挽词》：“八载瀛台住，含辛为国屯。何知天子贵，犹藉庶民伸。疑病颁方剧，遗书作宪真。瞻天更无语，先尽待宣仁。”宣统三年（1911年），张謇在北京蒙光绪帝的同父异母弟，摄政王载沣的召见，念及光绪帝，仍然“不觉哽咽流涕”。

张 謇 与 载 沣

张謇与载沣首次交往发生在宣统元年（1909年）末，张謇组织十六省咨议局代表赴京请愿速开国会前夕，以个人名义向摄政王载沣进言，国势危急，国会请愿“主于爱国”，请“定以宣统三年召集国会”以救时局。宣统二年（1910年），三次国会请愿运动相继掀起，载沣只是“通融”将国会召开由九年减为五年，并答应在宣统三年（1911年）成立责任内阁。及至宣统三年（1911年）四月，责任内阁一下子“变脸”成了“皇族内阁”，立宪派大失所望。张謇惊呼：“政府以海陆军政权及各部主要均任亲贵，非祖制。复不更事，举措乖张，全国为之解体。”为此，张謇再次规劝载沣，并托赵庆宽回京向载沣“痛切密陈，勿以国为孤注”。清廷日益感受到张謇对于他们的重要性，故于五月在张謇为组织赴美报聘团进京期间，奕劻、载泽、善耆等多位皇室成员先行接见，载沣随后又在隆政殿召见。载沣对张謇勉慰有加，张謇却不忘忠告载沣，今朝廷“外交有三大危险期，内政有三大重要事”。张謇虽然感受到载沣给予他的特殊待遇，却没有发现他们在大政方针上有什么重大改变。六月，张謇拟《请新内阁发表政见书》，指责载沣、奕劻“两月之间，寂无表见，何以新外人之耳目，慰士民之属望”！八月十九日（10月10日），武昌起义爆发，张謇规劝载沣、奕劻立即“改组内阁宣布立宪”。但国内局势急剧变化，张謇在自己顺应潮流走向共和的同时，仍不忘对载沣进行“最后之忠告”：“大势所在，非共和无以免生灵之涂炭，保满汉之和平。”“为皇上，为殿下，正宜以尧舜自待，为天下得人。倘行幡然改悟，共赞共和，以世界文明公恕之道待国民，国民必能以安富尊荣之礼报皇室，不特为安全满旗而已。”

载沣是宣统帝溥仪的生父，因溥仪登基时年龄太小，载沣担任摄政王，执掌朝中大权，成为清王朝最后三年实际上的最高统治者。宣统帝登基后，立宪运动走向高潮。1912 年 2 月，宣统帝发布逊位诏书，诏曰：“朕钦奉隆裕太后懿旨，前因民军起事，各省响应，九夏沸腾，生灵涂炭，特命袁世凯遣员与民国代表讨论大局，议开国会，公决政体。”“今全国人民心理多倾向共和，南中各省既倡议于前，北方各将亦主张于后，人心所向，天命可知。予亦何忍侈帝位一姓之尊荣，拂亿兆国民之好恶？是用外观大势，内省舆情，特率皇帝将统治权归诸全国，定为共和立宪国体，近慰海内厌乱望治之心，远涉古圣天下为公之义。”“务使人民安堵，海内宁安，听我国民合汉、满、蒙、回、藏五族完全领土，组织民主立宪政治。”逊位诏书是在得到袁世凯、孙中山和清皇室各方面认同的前提下发布的，它宣告了清朝历时 268 年之久统治的结束，以及专制与共和两种社会制度的更替。无论立于哪个角度，这都是一份极其重要的历史文件，而这份文件的起草者正是张謇。胡汉民在 1930 年披露其内幕时称：“清允退位，所谓内阁复电，实出季直（张謇）先生之手。”

张 謇 与 端 方

端方（1861—1911），清陕西巡抚、湖北巡抚、江苏巡抚、两江总督、直隶总督、督办粤汉川汉铁路大臣等。字午桥，号陶斋。托忒克氏，满洲正白旗人。

光绪三十年（1904 年），张謇往常熟吊唁翁同龢去世，途经苏州时拜访了时任江苏巡抚的端方，端方对张謇很尊重，“留夜谈”。张謇认为，端方虽为满人，“其言论甚明爽”，可见张謇与端方初次交往即比较投缘。

在端方任职江苏三年半的时间内，张謇与端方交往范围非常广泛，既涉及江浙渔业公司、江苏铁路公司、中国图书公司、耀徐玻璃公司、南洋劝业会、导淮测量局、南通开埠等实业方面，也涉及吴淞商船学校、南洋大学、南菁高等学堂、通州师范学校等教育方面。但凡张謇在创办实业、教育过程中有求于端方时，端方总设法满足。张謇倾诉与大生二厂股东恽祖祁发生纠葛，端方当即表示愿居间调停，嘱恽祖祁到南京面谈。张謇反映通州师范学校经费紧张，端方即允诺由沪宁官钱局每月给学校拨款 500 元，以示关怀。政治上，张謇与端方交往同样较为密切，张謇支持包括端方在内的五大臣出国考察宪政，五大臣于京师正阳门车站险遭不测后，张謇致电慰问。端方考察结束从海外回沪，张謇立即在上海设公宴招待。光绪帝去世，张謇联合江苏士绅并以各地立宪公会名义集体上奏，以示哀痛之情，最后“电请陶帅（即端方）代奏”。宣统元年（1909 年），在端方支持下，张謇负责的咨议局研究会、南洋劝业会事务所得以建立。同年，美国于上海发起召开万国禁烟会，端方作为中国代表参会，约请张謇议商会务，张謇则组织预备立宪公会成员在会商地集队欢迎，并邀端方参观沪嘉铁路，又邀抵南通参观通州师范学校。不久，端方调任直隶总督，张謇拟联为之送行。

端方捐赠给南通博物苑的汉代錞于

张謇与端方的私交也不错。张謇夫人徐氏去世，端方致电慰问并派人抵南通吊唁。端方伯母去世，张謇专程往南京吊唁。宣统三年（1911 年），张謇为组织赴美报聘团进京，端方派公子与胞弟往车站迎候，当晚还设家宴招待。之后，张謇又由端方陪同参观女子学校并海王村馆。端方从政之余，爱好文物收藏，藏品颇为丰富，张謇亦常去鉴赏品评。同年十月，端方于四川资州被杀。张謇得到消息后深为惋惜，拟联吊唁：“物聚于好，力又能强，世所称者，燕邸收藏，三吴已编《陶斋录》；守或匪亲，化而为患，魂其归半，夔云惨淡，万古同悲《蜀道难》。”张謇又在致其胞弟函中，回顾了端方谈及愿将文物复品分寄南通的往事：“去年在京，公导观海王村馆，复与论及，谓陈列后当检复品分寄，以志不忘江南之意。何意不及半年，而人世无常，遂有陵谷变迁之事。公之高义，亦若在风烟灭后之间。”

张　謇与瑞　澂

瑞澂（1863—1915），清上海道道台、江西按察使、江苏布政使、江苏巡抚、湖广总督等。字莘儒，号心如。满洲正黄旗人。

光绪三十二年（1906 年）初，张謇在上海拜访新任道台瑞澂，“为上海工程局自固之策，劝瑞担任保护”。瑞澂随后回访。开始，张謇对瑞澂的印象甚为不佳：“满洲人大都有伉爽气，时见其浅。”即对瑞澂太过直爽的性格不太习惯。某次，张謇与瑞澂谈及时事，瑞澂这个体制中人，竟然亦“义愤见于词色”，使张謇很快发现这个“有伉爽气”的瑞澂的可爱之处，双方关系变得密切起来。同年，瑞澂倡议建江西瓷业公司，希望张謇给予支持，张謇爽快地“许之”，参与发起。光绪三十三年（1907 年），大生纱厂自创办十二年后第一次召开股东大会，瑞澂亦来通参会。大生纱厂既有商股，也有官股参与，官方派人参会自属正常，但瑞澂以江苏布政使身份亲自参会，主要是因为与张謇的关系比较密切。股东大会结束，张謇还嘱其三兄张詧往天生港码头为其送行，并陪同瑞澂参观了新建的码头设施。此后，张謇每往苏州，即拜访瑞澂，与之长谈，瑞澂则往往设宴款待。光绪三十四年（1908 年），张謇夫人徐氏去世，瑞澂不仅致函吊唁，还派江南女子公学三位女生到南通参加徐氏的公祭仪式。宣统元年（1909 年），瑞澂在苏州农工商局为张詧谋得一职，“意极诚挚”，让张謇甚至不好意思回绝。同年，张謇积极筹备发起全国性的国会请愿活动，恰逢瑞澂升任江苏巡抚，进入封疆大吏行列，张謇与瑞澂遂决定共同推动朝廷速开国会，早日“组织责任内阁”。双方为此作了分工，由瑞澂负责联络各省督抚，张謇则负责联络各省咨议局，张謇还发表了《请速开国会建设责任内阁以图补救意见书》进行宣传。张謇与瑞澂的这一次合作对立宪运动产生了较大影响，也成为两人交往中的一个闪光点。

瑞澂担任江苏巡抚不久，又升任湖广总督，驻节武昌。张謇与瑞澂在地理位置上相隔远了，但交往仍旧频繁。宣统二年（1910 年），张謇往武昌访问瑞澂，抵汉口时，瑞澂“以小轮来迎”，安排住宿总督署后园。两人围绕立宪多次长谈，张謇对瑞澂上奏朝廷尽早立宪的电文评价甚高。宣统三年（1911 年）的五月、八月，张謇又两次往武昌与瑞澂会面交谈。尤其是第二次，张謇利用参加大维公司开业典礼的余暇时间，一周内先后于十四日、十五日、十八日与瑞澂三次会面，相谈甚欢。但是，两人绝对无法想象，就在十八日会面后的 24 小时，农历八月十九日（公历 10 月 10 日）夜晚，武昌起义爆发。张謇立即登船东下，赶往南京，劝说江宁将军铁良和两江总督张人骏出兵“援鄂”，试图对清政府进行最后的挽救；而瑞澂则仓皇从总督署后墙穿洞逃往停泊在江面的“楚豫”号兵舰，后又逃往上海。

张謇与善耆

善耆（1866—1922），皇太极长子肃武亲王豪格十世孙，初封二等辅国将军，后袭封肃亲王爵位。历任乾清门头等侍卫、副都统、统领、民政部尚书、民政大臣、理藩大臣等。全名爱新觉罗 · 善耆，字艾堂，号偶遂亭主人。满洲镶白旗人。

张謇与善耆交往始于光绪三十年（1904 年），张謇得京城友人来函，附“寄肃亲王（善耆）书赠之扇”。善耆一直十分赞誉张謇的政治主张。张謇自上年考察日本回国后，希望借助明治维新经验推动中国的立宪运动，遂将从日本获得的《宪法义解》等书籍“速成，速布，速进”，分寄 100 部给朝廷要员，并上呈慈禧太后御览。善耆在获赠《宪法义解》后，对张謇顿生知己之感，并立即通过赠扇题词对张謇表示欣赏与支持。善耆虽贵为亲王，却比较开明，赞成立宪主张，认为这是挽救大清政权的最后路径。但是，善耆曾两次遭受朝廷罢斥，满朝保守势力皆称其改革主张过于激进。官场上的不顺与内心的郁闷，限制了他在立宪上的作为。

宣统元年（1909 年），张謇撰《大垦淮、徐、海荒地，为规复海军及地方自治教育费基本说》《苇荡营开垦后说》两稿，分别上呈铁良、善耆等，以争取皇族成员的支持。张謇在内心，已把善耆当成了在满清皇族中极少数的开明派之一。宣统三年（1911 年），张謇为组织赴美报聘团进京，受到朝廷自载沣以下众多重要官员的隆重接待，但善耆对张謇的接待却另具特色，他将欢迎张謇的地点前移到火车站，待张謇刚走下车厢，就由自己的儿子先行前往迎接。善耆如此欢迎张謇，在朝廷的皇族成员中可谓独一无二，这也反映出张謇在善耆心目中的地位。之后，当清廷退位时，满朝文武大多“走向共和”，而之前最激进改革的善耆却变成最为保守的宗社党人。他有个“著名”的女儿，叫金碧辉，日本名字叫川岛芳子。

张　謇与翁同龢

翁同龢（1830—1904），清咸丰状元、刑部尚书、户部尚书、工部尚书、军机大臣兼总理各国事务衙门大臣等。同治、光绪两朝帝师。字叔平，号松禅。江苏常熟人。

张謇与翁同龢的结识始于19世纪70、80年代之交，张謇当时在南京淮军统领吴长庆军中作幕，颇受吴长庆赏识。光绪五年（1879年），张謇参加优行生会试名列第一，又为主考官夏同善青睐，夏同善与翁同龢恰同在毓庆宫书房轮值。由于吴长庆、夏同善的分别介绍，翁同龢开始注意这位与常熟仅一江之隔的通州青年才隽，并在致吴长庆的函中时常附笔问候。张謇随吴长庆入朝平定“壬午兵变”后，撰《朝鲜善后六策》，上呈朝廷大员，被李鸿章斥为“多事”，搁置不用。但翁同龢阅后，却“咸以为善”，对张謇的政治态度与才干留下了更为深刻的印象，内心一直想擢拔张謇。

光绪十一年（1885年），张謇往京城参加顺天乡试，翁同龢试前亲自前往张謇的临时寓所看望，此为翁同龢与张謇的第一次会面，亦为翁同龢奖掖张謇的开端。其后，张謇又先后五次参加礼部会试，几乎每次翁同龢都暗中联合其他主考官搜索张謇的试卷，试图帮助张謇早日中式，但前四次均告失败。光绪二十年（1894年）慈禧六十大寿，举行恩科会试，翁同龢等主考官终于如愿以偿，取中张謇。翁同龢对张謇试卷的评价是：“文气甚老，字亦雅，非常手也。”紧接着，便有了翁同龢在光绪帝面前有关张謇的一番介绍：“张謇江南名士，且孝子也。”光绪帝甚为高兴，予以首肯，张謇的状元及第由此敲定。张謇在北京应试期间，翁同龢还在考场外采取枉顾、赠言、馈银、谋差、荐兄等多种形式，给予张謇大量扶持。光绪十二年（1886年），翁同龢对张謇的一次枉顾，翁同龢与张謇在《日记》中都作了记载，张謇记道：“常熟师来，是日所谈皆披肝露胆之言，师可敬也。”翁同龢多方奖掖张謇的结果，是推动张謇赢得状元桂冠，又使张謇成为以翁同龢为首的“清流”阵营的重要成员，与汪鸣銮、志锐、文廷式、徐致靖、沈鹏一起被时人称为“翁门六子”，翁同龢与张謇也由此结下终身的师生情。甲午战争期间，翁同龢与张謇“极力主战”，张謇主张“以战为和”。维新变法之际，两人密切配合，翁同龢视张謇为“霸才”。戊戌政变后，翁同龢被“开缺回籍”，交地方官严加管束。张謇不避谗言，派人馈赠食品、书籍，还专程往常熟探望，尽其可能安慰帮助恩师翁同龢。翁同龢临终时，自拟挽联“朝闻道夕死可矣，今而后吾知免夫”，并亲嘱由张

1921年张謇到常熟虞山翁同龢墓前拜谒

謇为其书写。翁同龢去世后，张謇前往吊唁，助修墓庐，还特于南通马鞍山上建一座楼，以翁同龢墓所在地常熟虞山之称命名“虞楼”，以示纪念。1922 年，张謇拟写虞楼匾跋：“黄泥东岭，南望虞山，势若相对。虞之西白鸽峰下，则翁文恭公之墓，与其被放还山后墓庐在焉。辛酉一月，过江谒公之墓，陟虞岭，望通五山，烟雾中青苍可辨，归筑斯楼。时一登眺，悲人海之波潮，感师门之风义，殆不知涕之何从也。名虞楼以永之，亦以示后之子孙。”

张　謇 与 潘祖荫

潘祖荫（1830—1890），清大理寺少卿、户部侍郎、礼部侍郎、工部尚书、刑部尚书、礼部尚书、兵部尚书等。字伯寅。江苏吴县人。

光绪十一年（1885 年），张謇往北京参加顺天乡试，中第二名。这次乡试主考官即为潘祖荫，副主考为翁同龢。清朝自顺治至光绪二百多年间，南方士子于“北榜”（即顺天乡试）中取第二名者，仅顺治年间盛于亮、乾隆年间方汝嫌，以及光绪年间张謇三人。“物以稀为贵”，这三人习惯上被称为“南元”。张謇事后得知，自己在闱中原定名次是第六，后因为经“潘、翁两尚书以二、三场力争之，乃定第二”。张謇历经六次乡试，在潘祖荫、翁同龢的识拔下，终获“南元”头衔，完成了科试生涯中从秀才到举人的华丽转身。发榜后，张謇亲往潘宅拜访并致谢，潘祖荫夸赞道：“朝廷得人，殊可贺耳。”双方由此结成师生关系。

光绪十二年（1886 年），张謇在北京参加礼部会试，未中。潘祖荫为本次会试读卷官，事后尽可能给张謇予安慰与鼓励，并盛邀张謇留驻北京，为“其弟仲午”授课，但张謇婉言谢绝。张謇南返后，与潘祖荫仍然保持着书信联系。光绪十三年（1887 年）秋，张謇在河南郑州协助孙云锦治河救灾时，提出多种治河策略，未被河南巡抚倪文蔚采纳。张謇遂致函潘祖荫寻求指导，潘祖荫及时复函，并帮助张謇分析和提出建议，体现出老师对门生的关爱扶掖态度。

潘祖荫后半生身居高位，发现与识拔了许多对国家有用的人才，与翁同龢并称“翁、潘”。只是天不假年，潘祖荫于光绪十六年（1890 年）去世，未曾等到张謇摘取状元桂冠的那一天。张謇当时在南通，较晚才得到潘祖荫去世噩耗，“门人僻居海上，其去京师逾二千里，沈翳蓬蒿，无由得赴”。随即撰《祭吴县潘尚书文》，追述自己对潘祖荫的怀念之情。

张　謇　与　张之洞

张謇最早结识张之洞，始于在吴长庆军幕期间张之洞的延揽之举。吴长庆去世后，张之洞再度延揽张謇，并赠予“四十金”，张謇虽一再婉辞，却对张之洞心存感激。张謇状元及第后，甲午战争爆发，张謇与张之洞均主张对日本持强硬态度。不久，张謇因父丧回乡守制，张之洞恰在两江总督兼南洋通商事务大臣任上，遂于光绪二十一年（1895 年）奏派张謇总办通海团练，张謇欣然受命。《马关条约》签订后，张謇为张之洞拟疏上奏清政府，提出立国自强八项主张。下半年，两人在南京首次会面，就筹办商务、学务作竟日长谈。张之洞后据此奏派张謇总理通海商务，还同意为南通创办纱厂提供他原为武昌建厂准备，并搁置在上海码头的部分机器设备。张之洞调任湖广总督后，张謇亲往武昌，为纱厂事向张之洞求援。张之洞无疑是张謇投身“实业救国”的重要推手。

光绪二十六年（1900 年），北方义和团运动掀起高潮，张謇前往南京，策动张之洞、刘坤一等领衔与西方国家合作，确保东南地区的经济、社会稳定与发展，得到各方积极呼应，其结果是张之洞、刘坤一与各国驻沪领事商定了《东南保护约款》。嗣后，光绪三十一年（1905 年）至光绪三十三年（1907 年）间，张謇在吁请以徐州为中心建立行省，以及反对清政府借款筑路等方面，与张之洞时有联络，也得到张之洞一定程度上的呼应。

张謇与张之洞亦有不合拍的方面。立宪运动开始后，张之洞一味揣摩上意，“创为有限制宪法之说，民间有义务无权利”。张謇热诚追求立宪，视为救国大事，批评张之洞“学术杀人”。张之洞奉谕将通海厘捐改为“产地统捐”，引起通海花布商恐慌。张謇数度致函张之洞，历诉“统捐利病”，倡议由“商民认捐”，张謇还往南京与张之洞及其幕僚为认捐事“辩论二十日”，终归失败。另外，张之洞的官老爷派头有时也令张謇不快，张謇某次往南京与其筹议学务，连续三次拜访，皆因张之洞午睡未起作罢。

但是，张謇对张之洞总体评价甚高。张之洞去世前，张謇称“今天下达官贵人能知言可与言者，无如南皮（指张之洞）”。张之洞去世后，张謇在赞誉袁世凯主持天津的新政成就时，又称“张南皮外，无抗颜行者”，将张之洞与袁世凯推行新政的成就相提并论。

《江宁合宴图》，拍摄于1904年。前排左起：魏光焘、缪荃孙、张之洞、盛宣怀、张謇；后排左起：魏允龚、蒯光典、黄建管、徐树钧、胡延

张　謇 与 张树声

张树声(1824—1884)，清江苏巡抚、贵州巡抚、广西巡抚、直隶总督兼北洋通商事务大臣、两广总督等。字振轩。安徽合肥人。

张謇初识张树声，始于同治十三年（1874 年）任孙云锦幕僚期间。张謇时常受命草拟致江苏巡抚张树声的公函，亦有孙云锦推荐张謇任张树声幕僚之说，张謇后又与张树声之子张华奎结交为友。凡此种种，让张謇对张树声的认识逐渐加深。张謇与张树声交往有实质性发展，发生在光绪八年(1882年）。朝鲜因“壬午兵变”遣人来中国求援时，恰逢李鸿章丁忧守制，张树声以署理直隶总督兼北洋通商事务大臣身份负责对朝事务。张树声对日本侵略朝鲜持强硬态度，果断下令吴长庆率军入朝平乱。张謇当时在吴长庆幕府上，即随吴长庆往天津面见张树声，参与了小范围内的密谈平乱机要。除直接领略张树声驾驭外交事务的丰富经验外，张謇还对其捍卫中朝两国主权的立场感佩不已。入朝以后，张謇日以继夜帮助吴长庆“理画前敌军事”，其中一项重要内容，便是频频为吴长庆草拟致张树声的公函，通报前方军情。张树声、吴长庆对张謇的才干十分满意，拟向清政府专折举荐，破格录用，张树声又亲自出面邀请张謇入幕，张謇对这些都加以婉辞。这是因为张謇内心十分看重通过科举正途入仕，不愿借助恩赐获得功名。张树声后调任两广总督，张謇为吴长庆拟函为张树声送行。

光绪十年（1884年）张树声去世，张謇在日记中有“知己凋零，可为伤腕已”之感叹，并致函其子张华奎以示哀悼。多年后，张謇仍有“光绪初叶，各行省文武大臣，能以采纳忠谠，敬礼士大夫著重于海内者，在粤唯张靖达公树声，在苏唯吴武壮公长庆”一语，以感念张树声、吴长庆的知遇之恩。

张　謇 与 李鸿章

张謇与李鸿章发生联系，最早可追溯到光绪三年（1877年）。张謇担任吴长庆幕僚期间，吴长庆致李鸿章的公私函件，一般均由张謇代拟。光绪六年（1880年），张謇称李鸿章“为俄事，都人士愤愤不平，咎诚自取”。“为俄事”，指崇厚丧权误国，于光绪五年（1879年）在克里米亚半岛的里瓦几亚擅自与俄国签订《交还伊犁条约》，由刑部判为斩监候，李鸿章却为崇厚开脱，遭许多官员谴责一事。这亦是张謇第一次对李鸿章发出谴责之声。

光绪八年（1882年），张謇随吴长庆进入朝鲜，协助吴长庆迅速有效地平定了“壬午兵变”。张謇在朝鲜期间的才能与识见，受到清政府高层关注，正在家丁忧守制的直隶总督李鸿章特意嘱人邀请张謇入幕，对此，张謇予以婉辞，所谓张謇的“南不拜张（指张树声），北不投李”，即源于此。张謇曾言：“吾辈如处女，岂可不择媒妁，草草字人。”表明他此时对李鸿章了解不深，不愿贸然加入李幕。很快，事态的发展证明了张謇的疑虑并非多余。一是吴长庆作为平定“壬午兵变”的前线主帅，回国后理应受到清政府重赏，但李鸿章以吴长庆虽属淮系，却与湘系走得太近，而分其兵停其费，让吴长庆备受打击，愤恨离世。张謇对吴长庆感情甚深，由此对李鸿章顿生恶感。二是张謇回国后写成《朝鲜善后六策》，阐述了对朝鲜前途的忧虑和对日本侵略野心的警惕。张謇将《朝鲜善后六策》送呈朝廷官员后，翁同龢、潘祖荫等皆“称善”。朝鲜官员也给予“纯正切近，必可行”的评价，并将文稿带回汉城，呈送国王李熙，“王甚服膺”。惟有李鸿章“斥之”，“嗤为多事”，《朝鲜善后六策》遂遭“搁置不议”。李鸿章此举令张謇刻骨铭心。宣统三年（1911年），张謇回忆三十年前的这一陈年旧事，还愤愤不平，云：“中朝创业之大计稍稍措意……安有日俄之争？安有立韩、覆韩之事？安有东三省今日之危？”

甲午战争爆发，中国海陆军遭惨败，张謇以新科状元身份单独上奏怒斥李鸿章：“试问以四朝之元老，筹三省之海防，统胜兵精卒五十营，设机厂学堂六、七处，历时二十年之久，用财数千万之多，一旦有事，但能漫为大言……曾无一端立于可战之地，以善可和之局，稍有人理，能无痛心！”光绪二十九年（1903年），张謇赴日本考察，不忘专程去参观马关春帆楼，并赋诗云：“是谁亟续贵和篇，遗恨长留乙未年。第一游人须记取，春帆楼上马关前。”矛头直指在《马关条约》上签字的李鸿章。

光绪二十六年（1900年），张謇推动刘坤一、张之洞领衔实行“东南互保”，李鸿章当时在广州担任两广总督，同样关注东南局势稳定与社会经济平稳发展，张謇、李鸿章主张一致，都在其中发挥了积极作用。

张　謇　与　刘坤一

刘坤一（1830—1902），清广西布政使、江西巡抚、两江总督、两广总督等。字岘庄。湖南新宁人。

张謇创办大生纱厂初期，遭遇的最大困难是缺乏资金，刘坤一当时正在两江总督任上，张謇为寻求资金支持开始了与刘坤一的频繁交往。双方或函商或面议，紧迫时张謇四日内给刘坤一连发四函。交往过程并不平静，其中多有张謇的催促、责问，甚至抗议。但是，双方总体配合，交往成果丰硕。刘坤一将张之洞的方案落实到位，将滞留在上海码头的机器设备作价投入纱厂，还连电各地官员“劝入股（纱厂）”，为张謇筹措到一定数量的资金。张謇相应同意政府入股，将纱厂由“完全商办”改为“官商合办”。刘坤一则放弃了政府对纱厂的多项权利，同意“听商自便”，由张謇“通官商之邮”，对双方共同创造的“绅领商办”办厂形式投下了赞成票。

在张謇创办通海垦牧公司和通州师范学校过程中，刘坤一也给予了很多支持。刘坤一对垦牧公司的创办给予了高度评价：“举办垦牧，增课惠民，天利公溥……岂容听其废？”又对师范学校的兴办赞赏道：“兴贤育才首重师范……用意深远，立法精详良深。嘉慰！应准立案。”刘坤一、张之洞都是张謇投身“实业救国、教育救国”的重要推手。

光绪二十六年（1900 年），北方义和团运动掀起高潮，张謇往南京拜访刘坤一，劝说其尽快与西方国家合作，确保东南地区经济、社会的稳定与发展，“刘犹豫，复引余问：‘两宫将幸西北，西北与东南孰重？’余曰：‘无西北不足以存东南，为其名不足以存也；无东南不足以存西北，为其实不足以存也。’（意思是，没有中央政权，东南是不能独立存在的；没有东南实力，中央政权也难以支撑）刘蹶然曰：‘吾决矣。’”张謇随即致电张之洞，议商协调行动。结果，张之洞、刘坤一领衔与各国驻沪领事商定了《东南保护约款》。

光绪二十七年（1901 年），清政府推行“新政”，张謇应邀为刘坤一撰写《变法评议》。张謇在奏稿中全面阐述自己的改革主张，但刘坤一胆小怕事，瞻前顾后，奏稿虽经反复修改，态度愈加温和，仍未被刘坤一采纳上奏。张謇“意绪为之顿索然”，逐渐感到“新政殆无大指望”。

刘坤一去世后，张謇写挽联悼念：“吕端大事不糊涂，东南半壁，五年之间，太保幸在；诸葛一生惟谨慎，咸同两朝，众贤而后，新宁有光。”

张　謇 与 沈葆桢

沈葆桢（1820—1879），清江西巡抚、福建船政大臣、两江总督兼南洋大臣等。林则徐女婿。字幼丹、翰宇。福建侯官人。

光绪二年（1876 年），张謇在吴长庆幕上任机要文书，恰逢江西发生“建平教案”，沈葆桢命吴长庆率军前往弹压。张謇本应随吴长庆行动，但因乡试临近，得吴长庆允许留在南京应试。沈葆桢时任两江总督，张謇乃沈葆桢下属吴长庆的幕僚，两人地位悬殊，但张謇却对沈葆桢这一举措很不以为然：“噫！民人受教匪之害，不知所措，迫而激成众怒，亦人情也，可以叛论哉？”

吴长庆率军回到南京后，张謇了解了教案前后过程，深感自己上述言论失之偏颇。沈葆桢对教案坚持“权自我操”，反对法国传教士干预；坚持凭事实断案，对教民、乡民一视同仁。尤其是沈葆桢的担当精神，“建平之案已结，法人必有大违言，晚必以身当之”，都赢得了张謇内心对沈葆桢的敬重。张謇作为机要文书，负责吴长庆与上下级和同僚间的文书往来，凡吴长庆给沈葆桢的信函、呈文多出自张謇之手，沈葆桢给吴长庆的信函、指令，张謇也能接触原文并知道详情。任幕僚日久，张謇对沈葆桢的政见、才干、气度知之渐深。沈葆桢在南京城外设立粥厂接济饥民、指派军队捕杀蝗虫，以及查办海门贪腐官员等举措，张謇不仅耳濡目染，而且随吴长庆参与了执行过程，因此对沈葆桢益发敬重。沈葆桢也逐渐注意到吴长庆身边这个二十多岁的年轻人，对张謇的识见、文采亦颇为欣赏。双方互相熟悉后，张謇竟然给沈葆桢“数上书言事”。在官场等级森严的背景下，直接“上书”显有越轨之嫌，但沈葆桢“勿之嗛”，没有一句责备张謇的话。

光绪五年（1879年），张謇先后参加了科试与三院会考优行生试，张謇科试“经古、制艺、正、复四场，皆第一”；优行生试结束，张謇又获第一。沈葆桢为优行生试主考官之一，张謇事后往沈宅拜访，沈葆桢患病未见，却在病床上传语张謇：“文不可但学《班书》，当更致力《史记》。”对张謇勉励有加。张謇随后参加江南乡试，却再次落榜，这已是张謇第五次乡试落榜。张謇在沮丧之时，收到沈葆桢的鼓励信函：“犹期余以必售也。”张謇感动之余两次上书沈葆桢，一次将自己的应试文章呈阅，另一次坦陈对科考改革的见解，认为必须“改科考策”“增减考优策”。随后，张謇返回海门为母亲金氏治丧。在此期间，突然接到吴长庆差人从南京赶来报告沈葆桢去世的消息。特别令张謇惊讶的是，东南封疆大吏沈葆桢竟在临终前遗言，要年轻的乡间秀才张謇为其撰作祭文。

士为知己，士为知遇，忘年之交变成了隔世知音。光绪六年（1880年）春，张謇在《告太子太保侯官沈文肃公文》中写道：“公策名建节，终始四朝，朝廷恃以无东南之忧者垂二十载。”其中，谈到两人关系时说：“抑天下如公者之少也？如公者之少而一遇之，虽谓謇一人之幸可也；如公者之少而并失之，谓为謇一人之不幸而可乎？”

后来，张謇与沈葆桢四子沈瑜庆成为莫逆之交。

张　謇　与　岑春煊

岑春煊（1861—1933），清广东布政使、甘肃布政使、陕西巡抚、山西巡抚，四川总督、两广总督、邮传部尚书，民国粤汉川铁路督办、护国军都司令等。字云阶，号炯堂老人。广西西林人。

光绪三十二年（1906年），淮河大灾。岑春煊时任两广总督，在上海治病。淮河流域不属岑春煊管辖范围，但张謇病急投医，加上挚友郑孝胥曾为岑春煊的幕僚，遂前往相见并向岑春煊陈说治淮方案。岑春煊表示愿意代为上奏朝廷，张謇即将与许鼎霖合撰的《复淮浚河标本兼治议》《复淮浚河标本兼治议后》《淮北工赈请拨镑余疏》等文稿交由岑春煊上奏（后岑春煊因故未奏）。随后，张謇又在上海发动社会各界为淮水灾民募捐，岑春煊积极参与，独自“捐五千金”。同年，清政府宣布“预备立宪”，岑春煊又支持郑孝胥、张謇、汤寿潜在上海成立预备立宪公会，并表示愿意捐款一万元作为活动经费。张謇对岑春煊颇有好感。

民国建立后，张謇与岑春煊延续了这种交往。1912年，张謇等人在上海发起建立蒙藏交通公司，岑春煊同在发起人行列。岑春煊自光绪三十三年（1907年）“丁未政潮”后与袁世凯结为仇家。袁世凯当上大总统后，通过张謇向岑春煊递送橄榄枝。张謇委托赵凤昌转告岑春煊有关袁世凯的电文：

“蜀中望西林（指岑春煊）如岁，鄙人亦望其出山，共扶民国。拟以宣慰相托，到蜀后即发表督川。”“请公即诣西林，代为劝驾。”岑春煊断然拒绝。1913年，岑春煊支持孙中山发动“二次革命”，并被各省推为讨袁军大元帅。“二次革命”失败，岑春煊流亡南洋，张謇与岑春煊的交往暂时中断。1916年初，张謇已辞职回到南通，岑春煊则回国参加护国运动。袁世凯病亡，张謇致电岑春煊：“天相我国，袁氏自毙，此正天与我民以教养之机也。謇愚以为共和之真相在法律，尤在道德。”“道德维持，吾党之责也”。同年年末，张謇与岑春煊又共同参与创立松坡图书馆，以纪念发起护国运动的蔡锷。1918年，段祺瑞重任国务总理，决定对川、湘、粤等省用兵，南北战争爆发。张謇偕岑春煊等致电北京政府：“时事紧急，内外交迫，大局阽危，已在眉睫。”又电南方的陆荣廷、唐继尧等“尤宜及早觉悟，捐弃嫌怨，早息内讧，共御外侮”。同年，岑春煊排挤掉孙中山后，担任了广东护法军政府主席总裁，张謇又两电岑春煊，呼吁南北议和：“（双方）是皆由于不能相示以诚。诚之用，在各相示以让，相让则中央表示不再进取，南方表示不再反攻之说也。”南北当局，应行谈判，“以世界大势论，有必至于此之一日。第恐一门之内，不早自解，有为解之门外人发言耳”。1920年粤桂战争后，广东护法军政府解散，岑春煊通电辞职，淡出了政治舞台。

1926年，张謇去世，岑春煊致电张孝若：“惊悉尊大人仙逝，不胜悲悼。惟望兄节哀顺变，以当大事。”

张　謇　与　盛宣怀

盛宣怀（1844—1916），清署天津海关道、招商局督办、工部左侍郎、邮传部大臣、汉冶萍公司董事长等。字杏荪、杏生，号次沂。江苏常州人。

光绪二十三年（1897 年），张謇在创办大生纱厂过程中，因筹集办厂资金开始了与盛宣怀的交往。最初，张謇坚持工厂“完全商办”，但由于筹款困难，同意改为“官商合办”，接受政府将闲置在上海码头的一批机器设备入股。“官机”作价 50 万两白银作为官股，张謇则需另筹 50 万两白银作为商股，但集资仍然困难重重。此时恰逢盛宣怀“将沪上纱厂租归西商经办”，“所得款项以受两帅之托，助力通厂，议来合股”。在刘坤一协调下，张謇、盛宣怀签订《约款》：“由张绅、盛绅出名订约，合领官机，各主一厂。”即价值 50 万两白银的“官机”双方各领一半，两人另分别自筹商股 25 万两白银在通、沪各办一厂。盛宣怀在《约款》中表示，张謇自筹“如有不足，随时添招作为新股”，“新股活本均由张、盛筹集”，即盛宣怀负有协助张謇筹集商股新股的义务。《约款》中这一假设很快在现实中发生。首先，张謇在南通自筹商股确有超越原定限额的需要；其次，张謇为筹集原定商股已精疲力尽，再筹新股难上加难，张謇因此向盛宣怀求助。此时，盛宣怀手中握有汉阳铁厂、大冶铁矿、中国通商银行等一批经济实体，实力雄厚，如果真心相助，应该没有问题，何况《约款》中已经约定盛宣怀有义务相助。但盛宣怀偏偏说话不算数，张謇致函催促："公方以信义号召天下，岂可失信于匹夫，方以意气期许有成，岂忍漠然于救败？"盛宣怀始终"以谩词答"。张謇又致函张之洞、刘坤一，"请嘱盛宣怀如约"，盛宣怀最终"分文未筹"。张謇声称自己"中夜旁皇，忧心如捣"。幸亏张謇奋力拼搏，苦苦支撑，至光绪二十五年（1899年），大生纱厂迎来纱价大涨的转机，从而走出危局。纱厂投产后，张謇特意嘱人绘成四幅《厂儆图》挂在公事厅内，以警示自己与纱厂同仁牢记创业的艰辛，其中一幅"桂杏空心"，就是讽刺盛宣怀（字杏荪）与江宁商务局桂嵩庆的言而无信。

光绪二十六年（1900年）"东南互保"期间，张謇致力于推动刘坤一、张之洞领衔，盛宣怀则策划与各国驻沪领事谈判，双方虽同向而行，但各行其道。然而，张謇与盛宣怀虽然磕磕绊绊，仍有较多交往。光绪二十九年（1903年），盛宣怀弟盛宙怀去世，张謇致函慰问。同年，张謇为大生纱厂、广生油厂设备维修事请盛宣怀帮忙。光绪三十二年（1906年），张謇与盛宣怀为"苏、浙两公司"向汉阳铁厂订购钢轨合同事三度协商。光绪三十四年（1908年），张謇夫人徐氏去世，盛宣怀谨致"慰讯""挽章"，进而"吊问"。宣统三年（1911年），张謇与盛宣怀为美国水利工程师詹美生往淮河流域测量水文，以及通海遭受飓风潮水灾害事四次联系协商。1912年，汉冶萍公司董事会通过张謇担任公司总经理议案，盛宣怀、赵凤昌等专电："用特专具公函，恭请先生为公司总经理。"

1916年盛宣怀去世，张謇寄挽联吊唁："乡闾通吊今方始，封殖论才世亦稀。"

张　謇 与 吴长庆

吴长庆（1829—1884），清直隶正定镇总兵、浙江提督等。字筱轩。安徽庐江人。

张謇结交吴长庆，缘于孙云锦对张謇的“逢人游扬”。吴长庆时为淮军将领，所率庆军驻节南京浦口，孙云锦对庆军的江阴炮台负有督修责任，吴长庆、孙云锦又属安徽同乡，双方公私交往均较为频繁。张謇在孙云锦幕府任事后，经孙云锦的反复推介，吴长庆一开始便对张謇另眼相视，及至会面，很快产生罗致之意。光绪二年（1876年），张謇被吴长庆揽入庆军幕中，“治机要文书……月俸二十金”。吴长庆还专为张謇“筑茅屋五间于其后堂，为读书兼治文书之所”。自此，张謇开始了客幕生涯中的第二个阶段，伴随吴长庆度过了八年的军旅岁月。光绪六年（1880年）冬，因法国入侵越南，东南海疆戒严，张謇随吴长庆移军山东登州，并遵吴长庆之命,成为前来投军的袁世凯的窗课老师。光绪八年(1882年），朝鲜发生“壬午兵变”，张謇又随吴长庆入朝平乱。其间，张謇手书口说，日以继夜“理画前敌军事”，协助吴长庆迅速平定了朝鲜内乱。吴长庆高度评价张謇:“赴机敏决，运筹帷幄，折冲尊俎，其功自在野战攻城之上。”正是通过参与平乱实践，张謇撰写了《朝鲜善后六策》等政论文稿，体现了“天下兴亡，匹夫有责”的担当意识，以及对朝鲜未来命运的关切之情。但是，吴长庆回国后因身陷湘淮派系矛盾，受李鸿章疑忌，内心抑郁，于光绪十年(1884年)去世，张謇“感念旧义，悼痛何如”。吴长庆去世后，张謇为吴撰“行状”、祭文，还拟挽联吊唁：“早岁篮明夷，而功名终箕子之封，若有命者；生平慨班史，以纪述讼陈汤所憾，是可哀欤。”张謇与其子吴葆初成为至交好友。

在赴朝平乱的舰船上，张謇记录了吴长庆与朝鲜参判金允植的谈话

吴长庆是张謇青年时期继孙云锦后遇见的又一个“贵人”。张謇历经在孙云锦、吴长庆两幕走南闯北的十年磨练，不仅在学识才干上有优异的表现，而且在外交、军事等方面积累了丰富的经验，逐步跻身于当时的名士行列。

张 謇 与 萨镇冰

萨镇冰（1859—1952），清广东水师提督、海军统制，民国吴淞商船学校校长、海军部总长、国务总理、福建省省长等。字鼎铭。福建福州人。

张謇与萨镇冰开始交往于光绪三十一年（1905 年）。该年八月，张謇因事抵达上海，恰逢萨镇冰率领水师主力舰“海琛”号在上海港口停靠。应萨镇冰邀请，张謇等人登上了这艘甲午战后清政府向德国订购的巡洋舰。这次参观加深了张謇对萨镇冰与近代中国水师的印象，也成为嗣后几年张謇与萨镇冰以海洋为主题交往的开端。其时，张謇正以海陆并重，早图海权，以及“渔界所至，海权所在”等理念，在上海吴淞与唐文治合作筹办吴淞商船学校。1912 年上半年，吴淞商船学校建成，唐文治却因故辞去校长之职，张謇遂致电交通部：“商船学校自鄙发起人……此校长鄙意最好请萨君镇冰担任或举荐。”萨欣然同意，上任后不辞劳苦，尽心尽力，没有辜负张謇的期望。经过包括萨镇冰在内的历任校长的努力，商船学校日后赢得了“中国航海家摇篮”的美称。嗣后，张謇与萨镇冰一直保持着密切关系。1914 年，张謇为发展长江运输事业，与萨镇冰筹商并请其提供航运人才。1917 年，张謇与黄炎培、梁启超、蔡元培等在上海发起成立中华职业教育社，成立会由萨镇冰担任临时主席。1921 年，太平洋会议后援同志会在北京举行成立会，张謇、萨镇冰同被推为理事。1923 年，萨镇冰派吴子青到南通参观，张謇热情接待，派人专程陪同。

萨镇冰一直对张謇心存敬意。1922 年，张謇七十寿辰之际，萨镇冰向张謇敬赠寿联："实业元勋，文章魁首。名齐万福，寿比九龄。"1926 年张謇去世后，时任福建省省长的萨镇冰派代表到南通吊唁。

张　謇 与 魏光焘

魏光焘（1837—1916），清江西布政使、陕西巡抚、陕甘总督、云贵总督、两江总督等。字午庄。湖南邵阳人。

光绪二十九年（1903 年），魏光焘接替张之洞担任两江总督，魏、张交接之际，张謇在南京拜会了魏光焘。初次会面，魏光焘给张謇留下一个老官僚的印象："貌腴畅而有善气，似五十七八人，其年已六十七，与南皮同岁，言语之间亦老于世故。"两江总督是张謇必须打交道的高官，尽管魏总督两江不满两年，张謇在交往中却真正品尝了魏光焘的"老于世故"。在封疆大吏中，两江仅次于直隶，地位显赫，魏光焘上任两江后，颇感对慈禧推行的新政，不能没有一个态度，遂于光绪三十年（1904 年）邀请张謇与蒯光典代为拟稿，奏请朝廷立宪。张謇欣然接受，亦试图借此机会阐述自己的立宪主张，推动朝廷加快立宪进程。为此，魏光焘还抄录了云贵总督林绍年奏稿供张謇参考，张謇读后颇受鼓舞："敢言之气，当为本朝第一。"张謇便以此为蓝本，放开手脚去写。但一个月里，张謇每拟一稿，魏光焘便修改一次，如此反复，十易其稿，奏稿中锐气渐弱，定稿时"语婉甚而气亦怯，不逮林也（指不如林绍年的奏稿）"。即便是这样一份基本不涉及立宪敏感问题的奏稿，魏光焘仍然延误上奏，因为他不想在立宪问题上打头阵。

魏光焘在任期间，张謇与他在创办渔业公司和改良盐业方面交涉甚多。“中国渔业，向来听民自为。”张謇建议魏光焘创办全国性渔业公司，“中国渔业公司关系领海主权，宜合南、北洋大举图之；不能，则江浙、直隶；又不能，则以江浙为初步”。魏光焘最终只同意先建江浙渔业公司，但这最终的同意也仅是停留在表态上，有关公司章程、用人、资金分认等，事事仍需张謇自行筹办，公司每向前一步，张謇必须全力推动才成。又如改良盐业，张謇声明，盐业“改良而效，大众共之；不效，一公司任之”，魏光焘仍不予支持，甚至“运动户部为之出头……事事齟齬，时时压制”。张謇表示：“追维所历，已足灰心。”

张 謇 与 周 馥

周馥（1837—1921），清长芦盐运使、津海关道会办，直隶按察使、四川布政使、山东巡抚、两江总督等。曾筹建天津武备学堂。字玉山，号兰溪。安徽至德人。

张謇与周馥的交往，可追溯到光绪八年（1882 年）朝鲜“壬午兵变”期间。张树声因对日本侵略朝鲜持强硬态度，派遣吴长庆入朝平乱，张謇即随吴长庆前往。周馥时任津海关道会办、天津营务处兼北洋行营翼长，张謇遂与周馥共同办理了交涉、营务及海防等具体事务。吴长庆凯旋回国后受李鸿章排挤，在官场进退两难，张謇、周馥对吴长庆十分同情，遂由张謇与何嗣焜“坚劝（吴）乘势止足”，周馥与袁保龄则设法劝李鸿章勿免吴长庆职。事虽未成，张謇与周馥颇感志同道合。光绪十一年（1885 年），张謇在顺天乡试中取“南元”，周馥获悉后赠 20 两银表示祝贺。

张謇与周馥再度交往，已是十九年后的光绪三十年（1904 年）。时光匆匆，两人早已今非昔比。张謇十年前状元及第，该年又因经营实业成果卓著，由朝廷“着赏加三品衔，作为（商部）头等顾问官”，而周馥亦继李兴锐后担任了两江总督，驻节南京。年末，周馥上任之初，张謇前往拜访，除叙旧外，重点是“与谈鱼政”，张謇寻求周馥支持创办江浙渔业公司。在周馥两年的总督任上，张謇以强毅之力推进南通实业发展，两人围绕实业发展，交往范围逐渐扩大，涉及阜生蚕桑染织公司、大达内河小轮公司、天生港大达轮步公司、同仁泰盐业公司、通海垦牧公司、大兴面厂、资生铁冶厂等多家企业以及天生港的开埠，张謇请求奏请朝廷立案，给予产品减免税收待遇或“就场纳税”，申请疏通内河航道，就近领取航运船牌等，都得到了周馥的帮助。张謇与周馥的交往还扩展到江苏全省范围内的实业和教育。例如，张謇要求周馥支持由苏路公司自办沪宁铁路，为江浙渔业公司派“兵轮巡弋”，科试停止后为江苏、安徽两省新式学堂制定学额比例等。张謇凡有所请，周馥都予以支持。光绪三十一年（1905 年），周馥应邀到如皋、南通考察，张謇一路陪同，继与如皋士绅会面后，又参观了同仁泰盐业公司、通海垦牧公司、大生纱厂和通州师范学校等，在师范学校，周馥还“谒圣、延见教员、察课”。张謇创办实业以来，周馥开了两江总督到南通视察且视察长达五天之久的先例。

光绪三十一年（1905 年）末，上海租界商民因会审公廨审案不公罢市，罢市风潮声势浩大，朝廷命周馥到沪查办。张謇在指责朝廷“张皇失措之态”的同时，试图劝告周馥不要来沪。光绪三十二年（1906 年）九月，周馥再度来到上海，张謇对周馥的豪华排场甚为不满，“从人三百，何其多也。”但这些没有妨碍张謇与周馥的友谊。

张　謇 与 张人骏

张人骏（1846—1927），清漕运总督、山东巡抚、山西巡抚、广东巡抚、两广总督、两江总督等。字千里，号安圃。直隶丰润人。

宣统元年（1909 年）七月，武昌起义前两年，张謇前往南京拜访新任两江总督张人骏。同月，贝勒载洵为赴欧考察途经南京，张謇、仇继恒等出于对皇室亲贵的不满，反对将韬园作为载洵行馆。经张人骏发话，张謇“退为众言之，乃借”，以此表明对张人骏意见的尊重。此后，两人交往主要围绕咨议局进行。

宣统元年（1909 年）九月，咨议局召开成立大会，张謇当选为议长。按规定，咨议局通过的议案只有报请督抚认可才能生效，而督抚的落实情况也必须按期通报咨议局，咨议局与张人骏由此在相互制衡中产生了重重矛盾。虽然张人骏经常态度傲慢，张謇仍居间调解，力求双方妥协，推动议案的实施。宣统二年（1910 年），张謇就咨议局已公布议决之议案迟迟未见实行，公开质问张人骏：“如此漠视定章……究竟具何理由，不能不生疑问。”同年，上海发生“橡皮风潮”，张人骏撇开咨议局，擅自向洋商借款三百万两白银，张謇斥其越权，要求将该案呈报资政院核准。

另一方面，张謇与张人骏积极推动端方原来筹划的南洋劝业会计划，终使南洋劝业会于宣统二年（1910 年）四月正式开幕。在此期间，张謇任劝业会研究会总干事，张人骏任劝业会事务所会长，两人还分别在开幕式上致祝词与开幕词。

宣统三年（1911 年），江苏咨议局临时会议期间，张人骏迟交预算案 30 多项，累计金额达五十万两白银。张人骏拒绝公布，也不交咨议局复议，双方发生激烈冲突。张謇愤而率全体常驻议员辞职，以示抗议，咨议局形同解散。张謇对张人骏的强硬态度，赢得了社会舆论的广泛支持，各省咨议局纷纷声援，张人骏日陷孤立。武昌起义爆发后，张謇赶往南京劝说张人骏立即“援鄂”，张人骏畏惧万分，托言“瑞（指湖广总督瑞澂）能首祸，能自了，不须人援”。张謇大呼：“大难旦夕作矣。”果然，局势江河日下。之后，张謇顺应历史潮流，从立宪走向共和，并不忘致电张人骏，劝其与江宁将军铁良联手，“纳全族于共和主义之中”。张人骏又是首鼠两端，犹疑不定。不久，南京为革命军攻陷，张人骏仓惶逃逸，从此退出历史舞台。

张 謇 与 夏同善

夏同善（1831—1880），清翰林院侍讲学士、詹事府詹事、兵部右侍郎、刑部右侍郎、吏部右侍郎、江苏学政等，以审理杨乃武与小白菜一案闻名。字舜乐，号子松。浙江杭州人。

光绪五年（1879 年）是张謇的“考试年”，张謇一年中先后参加了科试、优行生试与乡试。张謇与夏同善的交往，即始于该年科试。所谓科试，即乡试前的资格考试，凡欲参加乡试的秀才，必须通过科试成绩合格，方准参加本省乡试。张謇曾于上次科试中，经古、制艺、正、复四场均获第一，给主考官林天龄留下深刻印象。夏同善担任本次科试主考官，而张謇经过“经古、制艺、正、复四场”，皆又第一。夏同善给张謇的试卷评语极佳：“魄力沉雄，壁垒森严，无懈可击。”“格律谨严，笔情矜炼，诗一气呵成，情韵独绝，五古逼近盛唐。”科试结束，夏同善单独召见张謇，对张謇慰勉有加，同时询问上次科试第一的“张育才”为何人？张謇如实陈述后，夏同善恍然大悟，才明白“张育才”与张謇实为一人。夏同善告诉张謇：“初至江阴，属幕宾磨勘前任（指林天龄）校试卷，见子（指张謇）前试诸作，传观交誉。余适至，询何名？则子前名育才也，因告诸宾。”“前使病危时，手开优生名单，密封付家属，于交印时送来，子名首列。比至通临试，视册不见子名，疑事故不到，不意已更名也，可谓摸索得之，而前官爱士之诚，正不可没。”之后，张謇往南京应优行生试，沈葆桢、夏同善为主考官，张謇又获第一。张謇在考试后往夏宅拜访，未能相见。再后来，张謇以两场考试第一的优势参加乡试，却铩羽而归。因传夏同善将调离江苏，张謇急往江阴学政署拜访，夏同善留宿署内。张謇每与夏同善“谈竟日”，夏同善对张謇说：“科名得失无足轻重，但藉此多读书，充实根底。”“要当涵养气度，精究义利为世用，然后可耳。”张謇颇为感动：“其勤拳恳款之意，直与我赵（彭渊）师相埒也。”在江阴期间，张謇又为夏同善拟文上奏朝廷，奏稿根据中国面临的“诸夷逼处，环伺眈眈，恫喝要求，累岁相望”形势，提出主战、储材、去厘捐与正吏治等一系列主张。

光绪六年（1880 年），夏同善去世。十年后，张謇受夏同善公子夏厚庵邀请，为夏同善撰《清故吏部侍郎仁和夏公墓志铭》。

张　謇 与 沈曾植

沈曾植（1850—1922），清刑部主事、总理衙门章京、江西广信知府、安徽署布政使、护理巡抚等。字子培，号乙盦。浙江嘉兴人。

光绪十一年（1885 年），张謇应顺天乡试前与沈曾植在北京初次会面，两人相谈甚欢。当时张謇为一介秀才，而沈曾植早已进士及第，并任刑部主事。地位悬殊并未妨碍沈曾植对张謇的赏识。开考第一天，沈曾植率众人为张謇送行。张謇高中“南元”后，沈曾植欣喜之情不亚于张謇本人。其后，张謇每次进京，“凡会试必见（沈），见必就君论学讲艺，交日益亲”，直至摘取状元桂冠。沈曾植既是张謇科举道路上重要节点的见证人，又是张謇继续应试圆满收官的积极推动者。

近代传统统士子的交往，必然要经历民族危机与社会动荡的考验。甲午战后，张謇放弃仕途，投身“实业救国、教育救国”实践。沈曾植则谋求外放，仕途顺达，直至担任安徽护理巡抚。两人在政治上都主张改良，但在程度上存在差别。张謇在实业、教育实践中，对专制体制的弊端认识较为深刻，主张相对较为激进。沈曾植身居统治阶级上层，主张较为温和。事业分道与政治主张上的差异，导致双方一度进入“三载不能得一言之问”的微妙局面。宣统三年（1911 年），武昌起义爆发，中华民国随告成立，张謇顺应历史潮流，在维护中华大一统的前提下，转而支持共和。而沈曾植却始终没有迈过这道门坎，一直以清廷遗老身份寓居上海，与张謇很少联系。尽管心路上很是隔膜，张謇与沈曾植从未撕破脸面，张謇对沈曾植晚年的生活与精神状态充满同情。沈曾植去世后，张謇写挽词以示哀悼："晚节继王船山，绝望丹心常饮恨；寓居同杜子美，故人白发为招魂。"

1898 年张謇与好友著名学者沈曾植（中）、收藏家刘世珩合影

张　謇　与　孙云锦

孙云锦（1821—1892），清通州知州、江宁知府、开封知府等。字海岑。安徽桐城人。

张謇与孙云锦结缘，始于同治七年（1868 年）。张謇因科举“冒籍风波”遭人陷害，全家深陷“坑中”不能自救，孙云锦时在署理通州知州任上，受江苏学政彭久余嘱托，与张謇相识，并在弄清事情原委的基础上出手相救。此前，向张謇施以援手的，已有当地师友数人，但帮助张謇从危难中彻底解救出来的人，无疑当推孙云锦。在孙云锦的大力疏通下，同治十二年（1873 年），“州奉学使札，礼部核准，饬学遵照注册”。“冒籍风波”历经五年，张謇至此得以“改籍归宗”。孙云锦在任期间曾登上狼山望海楼，写下“一片沧桑归眼底，万家忧乐到心头”诗句，以抒发其忧乐情怀，表明他同情张謇，援助弱者绝非偶然之举。

同治十三年（1874 年），孙云锦调往江宁发审局任职，离开南通前念张謇清贫，邀任发审局书记，张謇遂从海门乡间登上了东南大都会的舞台。在南京，孙云锦对张謇关怀备至，时时在业务上加以点拨，让张謇很快胜任幕僚一职；生活上，孙云锦除给予优俸外，逢年过节另有赠银，让张謇的家庭尽早摆脱债务。此外，孙云锦还创造条件，让张謇在学业上继续深造。张謇则努力经受游幕历练，改掉少年逞强习性，使自己言行符合士林的规范。又连续考入南京的钟山、惜阴等著名书院，接受李联琇、张裕钊、薛时雨等名师指点。张謇藉此丰富了人生阅历，社会经验与学识水平也得到大幅度提高，还积累了较多的人脉资源，尤其是结识了爱惜人才的淮军将领吴长庆。在此期间，张謇两次随孙云锦往淮河、黄河流域勘查水文，参与治水，体察民情，这也对张謇日后在“实业救国”实践中重视水利，形成独特的治水主张产生了重大的影响。

张謇与孙云锦的故事，是旧时代一个卑微的青年书生在成长过程中与一个有正义感的州府官员间发生的故事。没有孙云锦的援助，不可能有张謇日后的发展，更不可能有今天意义上的张謇。孙云锦是张謇一生中遇到的第一个“贵人”。光绪十八年（1892 年）孙云锦去世，消息传到通海一带，“海门乡人，闻而会者数百人……通人以先生豁免附城三税局，故亦为设祭”。张謇更是感恩知己，流泪如泉，拟挽联吊唁：“师无疚乎亲民官，所去见思，旧政寻常皆治谱；我何为者报恩子，悲来横集，行车四十尚公车。”

张 謇 与 康有为

张謇在光绪十五年（1889年）进京应试期间与康有为结交。“康也在京，其时相识，很有往来。”张謇落第离京时，康有为赋诗相送：“天时日榛塞，无事恋微波。浮海材应取，藏山事孰多？收身合屠钓，回首怅山河。与尔将偕隐，烟波行醉歌。”光绪二十年（1894年），张謇中状元，翌年，康有为也进士及第。在此前后，康有为因撰写《新学伪经考》遭人参劾，处境困难，张謇受梁启超委托，向翁同龢求援，帮助康有为度过难关。

面对甲午战后严重的民族危机，张謇与康有为都满怀热忱投身救国实践，只是途径不同，康有为选择了变法，张謇选择了实业。光绪二十一年（1895年），康有为在北京建立强学会，又到南方争取到张之洞的支持，在上海建立强学会，“讲中国自强之学”。张謇接受康有为邀请，欣然同意列名强学会发起人，还给予上海强学会高度评价：“中国士大夫之昌言集会自此始。”光绪二十三年（1897年）冬，经元善与梁启超经刘坤一批准，在上海创建中国第一所女子学校——女子学堂，张謇、康有为则与之“集议”，并“允为竭力匡赞”。张謇与康有为在救国实践中时常联合行动，张謇在很多方面都认同康有为的主张。光绪二十四年（1898年），张謇守制三年后回京销假，此时，康有为协助光绪帝推行的变法正掀起高潮，随着变法步伐越发加快，对立各方的矛盾也日益突出。可当变法一步步演变成宫廷暴力时，张謇开始转变，由声援改为对康有为的劝说，“一再劝勿轻举，亦不知其用何法变也，至是张甚，事固必不成，祸之所届，亦不可测。”在与康有为、梁启超共同送别被“开缺回籍”的翁同龢不久，张謇亦匆匆离京南返。很快，慈禧太后发动“戊戌政变”，康有为、梁启超逃往海外。张謇听说是袁世凯出卖了光绪帝，斥责袁世凯：“是儿反侧能作贼，将祸天下，奈何！”张謇虽认为自己与康有为、梁启超“是群非党”，并无实质关联，但由于多次表达相同的改革主张，且对康有为、梁启超一直予以支持同情，早已被朝廷顽固派同样视为危险分子。

中华民国建立，梁启超、康有为分别回到国内，但康有为已从当年变法潮流的引领者逐渐趋于政治保守。昔日的康、梁一体已不复存在，梁启超“也离康树帜”，别开新路。张謇在与梁启超密切合作的同时，与康有为的政治主张却愈加疏远，只是朋友之谊一直未变。1913 年，康有为母亲去世，张謇拟挽联吊唁：“长君以学术彰往察来，南海名为天下隽；近世所尊重令妻贤母，北堂痛失女中师。”张謇内心中仍然尊重康有为，特别是尊重当年的康有为。1917 年 7 月，张勋、康有为等人赶赴北京，拥戴溥仪复辟，张謇大不以为然，在公开痛斥张勋为“辫孽”，失败“当在旦夕”时，并未涉及康有为，但康有为在张謇心目中的形象却大打折扣。

张　謇 与 梁启超

光绪二十年（1894 年），张謇状元及第。梁启超时奉康有为命进京，专门“与京师所谓名士者，多所往还”。“名士”名单中即有张謇。甲午中日开战，张謇接受梁启超的建议，通过翁同龢劝告李鸿章对日主战。康有为遭人参劾，处境危难，张謇亦受梁启超嘱托，向翁同龢求助。光绪二十一年（1895 年），康有为、梁启超发起“公车上书”后，在北京成立强学会，随后又建上海强学会，张謇欣然同意列名发起人，并认为“中国士大夫之昌言集会自此始”。

其后数年，张謇与梁启超交往密切。维新派主办的《时务报》受张之洞抑制，一度锋芒渐消，张謇大为不满，两度致函汪康年，希望与梁启超筹商，重新“振起而扩张之”。经元善、梁启超、汪康年等在上海筹办女子学堂，张謇不仅参与其中，而且“允为局外竭力匡赞”。光绪二十四年（1898 年），维新变法步伐日趋加快，张謇劝梁启超稳中求进，“勿轻举”。张謇虽自以为与梁启超等“是群非党”，并无朋党关联，但事实上已被朝廷某些人视为危险分子。政变前夕，张謇黯然离京。变法失败后，张謇内心一直对康、梁满怀同情。

1912 年，经张謇力促，梁启超从海外回国，张謇专往天津迎候。梁启超回国后，张謇多次拜访相商，两人联手开展了组党参政活动。1913 年，张謇的统一党、共和党与梁启超的民主党合并组成进步党，张謇与梁启超同被推为理事。同年，张謇与梁启超分任农商部总长与司法部总长，均成为了熊希龄内阁的重要成员。但是，1914 年 2 月，熊希龄在袁世凯下属逼迫下辞职，梁启超亦连带辞职。张謇与梁启超在北京时的私交很是频繁，梁启超女儿出嫁，张謇前往庆贺。梁启超父亲去世，张謇前往吊唁。双方还同往观赏梅兰芳演出的“贵妃醉酒”。良好的私交甚至反映在张謇对梁启超的经济援助上，张謇之子张孝若回忆道：“在他（指梁启超）经济状况最窘迫的当口，我父还帮助他好几回。”1915 年下半年，袁世凯称帝之心日益暴露，张謇坚决与袁世凯决裂，辞职回到南通。梁启超则举起反袁旗帜，支持蔡锷发动护国战争。梁启超的这一举动亦得到张謇的暗中支持。

1918 年年末，张謇在上海建立国际税法平等会，正值梁启超启程赴欧洲考察之际，张謇力邀梁启超参会，并在欢迎

1922 年中国科学社在南通召开第七次年会时合影。前排左起：杨杏佛、张孝若、张詧、推士、张謇、马相伯、梁启超、胡敦复、谭熙鸿、丁文江；二排左二戴黑领带者是竺可桢；三排戴眼镜的是陶行知

大会上热忱希望梁启超借赴欧之机宣传中国改协定税为国定税的理由，梁启超慨然接受委托，两人还表示将继续互通信息、互相声援。1919 年，梁启超抵达伦敦时，国际联盟同志会在国内建立，梁启超任理事长，张謇任理事。梁启超在巴黎得知日本将继承德国在山东权利，中日间已订有密约后，立即通报国内，张謇马上建立国民外交协会，并请梁启超主持。梁启超由此建议国民外交协会发动不签字运动，抵制卖国条约。张謇与梁启超联合的一系列行动，为“五四运动”发起做出了重要贡献。

1920 年后，张謇受梁启超启发，发起筹建中比航业及贸易公司，开始涉足中国的国际航运及贸易领域。对于梁启超创办的共学社与讲学社，张謇不仅列名发起人，而且成为两个学术团体经费上的重要赞助者。1922 年，张謇还为与梁启超同为社员的中国科学社在南通举行第七届年会提供帮助。

1926 年，张謇去世，梁启超拟写挽联：“一老不遗，失恸岂惟吾党；万方多难，招魂怕望江南。”

张 謇 与 谭嗣同

张謇与谭嗣同有过两次交往。

第一次交往在光绪二十三年（1897 年）春夏，张謇在南京主持文正书院，并为创办大生纱厂筹集资金向刘坤一求助期间，谭嗣同时为江苏候补知府供职南京，从杨文会学习佛学，还参与杨文会建立的金陵测量会的一些活动。张謇因与郑孝胥、缪荃孙、刘世珩、徐乃昌等测量会其他成员熟稔，应邀在端午节同往秦淮河观赏龙舟竞渡，因此与谭嗣同会面，并赋诗留念。由于参与此次春游的成员后来大都成为维新派人士，故张謇与谭嗣同的这次会面多少含有一些政治味道。

第二次交往在光绪二十四年（1898 年）春夏，张謇丁忧期满回京销假，谭嗣同当时在京日夜操劳，帮助光绪帝草拟一道道变法诏书。张謇也积极支持并参与了翁同龢创办京师大学堂等一系列活动。但随着维新变法步伐日益加快，变法日益涉及政治体制等方面的内容。张謇由此与康有为、梁启超、谭嗣同的差别日益明显，开始劝导康有为、梁启超“勿轻举”。由于谭嗣同属于维新派中更为激进的成员，张謇更是与谭嗣同保持距离。张謇在日记中写道：“谭好奇论，居恒常愿剪发易服，效日本之师泰西，不知波兰、印度未尝不剪发，而无补于亡也。又常创杂种保种之说，谬妄已绝。”

张謇认为与康有为、梁启超等“是群非党”，但戊戌维新失败后，张謇同样被朝廷守旧势力视为危险分子。在他们看来，张謇与谭嗣同等人的差异并不太大。的确，张謇与康有为、梁启超、谭嗣同都追求变法自强的目标，都是爱国立宪改良派，彼此的界限难以切割清楚。张謇内心深处不仅深度认同康有为和梁启超，对谭嗣同亦寄予同情。张謇与谭嗣同的分歧点是在性格与方式上。谭嗣同言辞激进，个性张扬，而张謇一贯主张稳中渐进，平和过渡。

张　謇 与 郑孝胥

郑孝胥(1860—1938)，清驻日本神户总领事、大阪总领事、广西边防大臣、安徽按察使、广东按察使、湖南布政使，预备立宪公会会长等。民国伪满洲国总理大臣兼文教总长。字苏龛（苏戡），一字太夷，号海藏。福建闽侯人。

《张謇自订年谱》载：张謇于光绪六年（1880 年）末与郑孝胥相识，“与为友”。张謇当时在山东登州吴长庆幕中，与幕友林怡庵交好，林怡庵即是郑孝胥的舅氏。经林怡庵介绍，张謇与郑孝胥相识。光绪八年（1882 年），张謇参与平定“壬午兵变”后回国，南归途中听到郑孝胥在福建乡试中解元的喜讯，而张謇此时历经五次乡试，仍是一介秀才。但世事难料，郑孝胥其后在科考场上捷音不再，张謇经不屈不挠奋斗，继光绪十一年（1885 年）顺天乡试中南元后，又于光绪二十年（1894 年）礼部会试高中状元。

光绪十年（1884 年），张謇因吴长庆去世欲重回孙云锦幕府，途经南京时遇到郑孝胥，郑孝胥置酒招待，两人连日“剧谈”。张謇称郑孝胥学术上“其义甚精”，且“胸次过人远也”。而郑孝胥在前年对张即有“雄剑四五动，才名三十年”的评价。两人可谓惺惺相惜，相见恨晚。第二年，两人为准备参加礼部会试在北京经常聚首，还三次结伴往剧场观戏。光绪二十二年（1896 年），张謇在南京掌文正书院时再次遇到郑孝胥，两人互相邀宴欢聚，并四度同游吴园，张謇还赋诗以为纪念。

张謇中状元后投身“实业救国”实践，在南通创办大生纱厂，对张之洞、刘坤一多有期望。而郑孝胥正好先后在张之洞、刘坤一幕上，给予张謇很多帮助。创业初期，张謇力主“完全商办”，即完全依靠民间资本，筹资过程非常艰难。张謇问计于郑孝胥，“郑君跃然曰：‘定用官机耳’”，于是有了张謇与桂嵩庆签订的《官商合同》。稍后，张謇因自筹资金依然困难，再次找郑孝胥等商议，遂决定与盛宣怀“合领分办”“通沪分任”。张謇与郑孝胥先说服盛宣怀同意参与，后争取到刘坤一的支持，于是又有了张謇与盛宣怀签订的《官商约款》与《通沪纱厂合办约款》，郑孝胥还以见证人身份在《合办约款》上署名。光绪二十五年（1899年），大生纱厂投产后流动资金严重短缺，张謇赴上海筹款，连遭挫折，关键时刻给予张謇支持的，还是郑孝胥等一二人。反之，张謇对郑孝胥也一直关怀有加。“戊戌政变”前后，张謇自己处境不妙，却十分关心郑孝胥的人身安全，每当听到郑孝胥安全的消息，即在《日记》中写下“甚喜”“甚慰”。张謇多次为郑孝胥提供施展才能的舞台，筹建江浙渔业公司时，张謇向唐文治推荐郑孝胥是公司总理的合适人选。大生纱厂、通海垦牧公司投产后，郑孝胥分别担任了这两家企业的董事。

光绪三十二年（1906年），清政府宣布预备立宪。同年，预备立宪公会在上海成立，郑孝胥任会长，张謇等任副会长，后又改由张謇任会长，郑孝胥任副会长。张謇与郑孝胥在立宪公会内共事，是两人最为重要的一段交往。他们在亲密无间的合作中，也隐然存在一些分歧。一是行事风格。郑孝胥霸才雄辩，大言炎炎，张謇则得寸进寸，重在实践。舆论界曾讽两人：“设为挽车人，郑所御马车轻驶自喜，且以余闲调笑；张则拉车，飞奔喘息。”张謇与郑孝胥均对对方的行事风格不以为然。二是对时政方针的见解。辛亥年间，清政府宣布“铁路国有”政策，国内舆论大哗，郑孝胥力推“铁路国有”，视借债造路“为变法之本”，而张謇坚决反对“铁路国有”，认为借债不善将危及国家存亡。辛亥革命爆发，张謇顺应历史潮流，从立宪走向共和，郑孝胥对共和大不以为然:“吾为人臣，惟有以遗老终耳。”“余与民国乃敌国也”。对于张謇走向共和，郑孝胥很不高兴，称:“宜作书一正张謇、汤寿潜之罪。”斥张謇、汤寿潜“干名犯义”，从此，张謇与郑孝胥之交淡绝。

张　謇 与 汤寿潜

汤寿潜（1856—1917），清两淮盐运使、浙江商办铁路公司总理、预备立宪公会副会长、浙江咨议局议长、浙江都督等，民国南京临时政府交通部总长。原名震，字蛰仙。浙江萧山人。

张謇与汤寿潜在光绪十五年（1889 年）相识并成为朋友。双方当时都致力于科举入仕，亦因科举而结缘。光绪十八年（1892 年），汤寿潜进士及第，两年后，张謇高中状元。甲午海战北洋水师惨败，张謇猛烈抨击李鸿章漫为大言，丧尽人理，汤寿潜等则上书奕訢，请光绪帝“忍辱受和”，两人侧重点并不相同。光绪二十六年（1900 年），义和团运动掀起，八国联军攻占北京。张謇与汤寿潜在危难之际奔走于上海、南京，共同劝说刘坤一、张之洞“定东南互保之约”，以保全东南半壁江山。张謇晚年回顾这段经历，高度评价汤寿潜在“东南互保”游说中所起的作用。光绪二十七年（1901 年），清政府发布“变法上谕”，推行新政，张謇与汤寿潜等又为刘坤一代拟奏稿，刘坤一奏稿中的很多主张实出于张謇与汤寿潜之手。光绪三十年（1904 年），张謇与蒯光典为魏光焘草拟敦请朝廷立宪奏稿，张謇又邀请汤寿潜参与修改。张謇、汤寿潜等十易其稿，奏稿已基本不涉及敏感问题，但终因魏光焘的顾虑重重和优柔寡断而未能上奏。光绪三十二年（1906

年），预备立宪公会在上海成立，郑孝胥任会长，张謇、汤寿潜分任副会长，汤寿潜后配合张謇推动了三次国会请愿运动。光绪三十四年（1908年），张謇与汤寿潜等联名致电宪政编查馆，强烈要求清政府缩短期限，“一鼓作气，决开国会，以两年为期”。宣统元年（1909年），张謇应邀到杭州，偕汤寿潜劝导浙江巡抚增韫支持立宪。宣统三年（1911年），清政府成立“皇族内阁”，国内舆论大哗，张謇与汤寿潜等公函载沣“切箴之，更引咸、同间故事，当重用汉大臣之有学问阅历者”。武昌起义爆发后，张謇与汤寿潜均实现了从立宪到共和的转变，并联合劝告蒙古各界人士赞成五族共和，“大总统由人民公举，汉、满、蒙、回、藏五族，皆有选举大总统之权，皆有被选为大总统之资格……务各同心协力，一致进行，蒙汉同胞，并受其福”。随后，张謇与汤寿潜积极促成南北议和，张謇在惜阴堂协调南北时，作为惜阴堂常客的汤寿潜也积极参与其中。两人均对实现统一以及民国政府的建立，做出了特殊贡献。中华民国建立后，张謇与汤寿潜等又致电赵尔巽，反对借助外力搞东北“独立”以分裂中国。

张謇与汤寿潜是全方位的战略伙伴。光绪二十七年（1901年），张謇在黄海海滩创办通海垦牧公司，邀请汤寿潜参加，双方为筹集股金多有联络。张謇还邀请汤寿潜参与了大生纱厂、同仁泰盐业公司、通州师范学校、上海大达轮步公司、江浙渔业公司等的创办，汤寿潜深度融入张謇的实业、教育各个领域。光绪三十一年（1905年）后，为反对清政府借款修筑沪杭甬铁路与沪宁铁路，浙江、江苏相继成立商办铁路公司，汤寿潜与张謇分任两公司总理和协理（王清穆任苏路公司总理）。为“争路权”，张謇、汤寿潜、王清穆联电端方、张之洞，以及外交部、邮传部，并以召开拒款会、认股会形式，反对清政府借款筑路。他们又推派代表入京，“争商办苏浙路，谢外债”。两省收回路权的运动十分活跃。在张謇的推动下，中国人自建的苏路南线沪嘉段铁路于宣统元年（1909 年）通车，但自建沪杭甬铁路方案遭到清政府否决，汤寿潜被严令不准干预铁路建设。

汤寿潜遇疑难事往往要与张謇商量。光绪三十年（1904 年），汤寿潜对应否续任两淮盐运使迟疑不决，邀张謇到上海商谈，张謇“设二说，请诸君答”。“二说”即实业与为官何者重要，汤寿潜便“决意辞淮运使”。翌年，汤寿潜欲辞浙江铁路公司总理职，又求教于张謇，张謇则劝汤寿潜勿坚辞，因“总理之名是与官职不同也”。反观张謇亦如此。1913 年，张謇北上担任熊希龄内阁农商部总长前夕，请汤寿潜到南通，“来商进止”。汤寿潜多次到南通看望张謇，张謇亦两次前往汤寿潜的家乡浙江萧山。光绪三十一年（1905 年），汤寿潜母亲去世，张謇拟挽联并亲赴萧山吊唁。1917 年，汤寿潜去世，张謇赴萧山参加其葬礼。

1925 年，张謇拟《汤蛰仙先生家传》，除总结汤寿潜一生功绩外，还高度评价其人格魅力：“君生平觳己而厚人，忘身而为众，其嫉恶若未能容，而好善或溢其量，赴事强忍有似任气，见利必却疑于近名，然天怀劲质，内行醇悫。”

张謇与汤寿潜，史称“北张南汤”，这既是对两人在近代史地位的肯定，也是对他们之间友谊的颂扬。

张　謇 与 汤化龙

汤化龙（1874—1918），清刑部主事、湖北咨议局议长、湖北军政府民政总长，民国南京临时政府陆军部秘书长、北京临时参议院副议长、众议院议长、教育部总长等。字济武。湖北蕲水人。

立宪运动开始后，张謇、汤化龙分别担任江苏、湖北咨议局议长，互相呼应。宣统三年（1911年）八月，张謇前往武昌参加大维公司开业典礼，十八日张謇在武昌拜访汤化龙，汤化龙设宴招待。第二天，武昌起义爆发，两人稍后亦分别顺应历史潮流，从立宪走向了共和。

民国初期，政党林立，合合分分，政党政治掀起热潮，张謇与汤化龙在其中相当活跃。张謇参加了中华民国联合会、统一党、共和党的创建并在其中任职，汤化龙则先参加共和党，后又参加了民主党的创建，并在其中任职。共和、民主、统一三党最后合成进步党，张謇与汤化龙又共同担任了该党的理事。孙中山、黄兴的同盟会，亦联合统一共和党、国民共进会、共和实进会、国民公党，组成了国民党。几方迭经演变，最后成为进步党与国民党两大政党。

各个政党的主张不尽相同，彼此间论争不断。1912年上半年，张謇为国民党与共和党纷争致函汤化龙，表示要与汤化龙协调行动："两党纷争，致公（汤化龙）与少川（唐绍仪）

受挤，思之危慄。”“謇若北行，必先与彼党南中重要人物联络，表明此行专为调和党见，与扶助现在内阁之意，使之不疑。”调和政见，扶助政府，是张謇对待包括孙中山、汤化龙等许多政党领导人的一贯主张。统一党在上海哈同花园欢迎孙中山，张謇前往参加并与孙中山等人合影留念。张謇又偕汤化龙往上海汇中旅馆参加国民党、共和党和民主党欢迎日本众议院议员团所设的宴会，席后张謇与孙中山、汤化龙等再度合影留念。

1913年年末，张謇在袁世凯、熊希龄劝驾下，往北京担任农商部总长兼全国水利局总裁。此前，汤化龙已担任了北京政府的众议院议长。两人又在北京继续合作。张謇抵京后，恰逢参、众两院在畅观楼设公宴招待各国驻华公使，张謇应邀参加。“诸贤充满楼台，各罄所欢，夕阳西倾，始行散会。”翌年初，张謇与汤化龙、孙武就油矿押借外债一事发生争执，张謇对汤化龙和孙武说：“延长、建昌油矿一案，政府因履行前清中美合办之议与美商合股开办，经国务院、财政部、外交部、交通部及本部会同办理，亦无藉以押借外债之说。”争执延续到次日，张謇又“以延长建昌油矿（合同），汉冶萍盛宣怀借日款全案，宣示（汤化龙等）请观之人”，并云：“合同已签字，无从商量。”最后，张謇、汤化龙等各执己见，分歧并未解决。这是张謇与汤化龙之间罕见的一次争执，孰是孰非难以判断，但却伤害了彼此间的感情。

其后，张謇与汤化龙仍有一定交往。1916年，两人共同参与在报刊上刊登《介绍中华书局教科书》《推荐商务印书馆共和国民国教科书》等文章，发表《（创设松坡图书馆）缘起》文稿。1917年，两人又共同为创建中华职业教育社募集资金。

张　謇 与 程德全

程德全（1860—1930），清奉天巡抚、江苏巡抚，民国南京临时政府内务部总长、江苏都督等。字纯如，号雪楼。四川云阳人。

张謇与程德全的交往始于宣统二年（1910 年），程德全当时由奉天巡抚改任江苏巡抚，张謇发展新式教育与争取速开国会的诉求，得到程德全的支持。宣统三年（1911 年）正月，张謇往苏州拜访程德全，此为张謇与程德全第一次见面。因志趣相投，张謇此后凡去苏州必访程德全，每访必与程德全议商要政。武昌起义爆发，张謇亲眼目睹了武昌草湖门外的熊熊火光，急速赶到南京劝说两江总督张人骏出兵"援鄂"，但遭到张人骏拒绝。张謇又赶往苏州与程德全相商，两人决定联合行动，由张謇起草《奏请改组内阁宣布立宪疏》，由程德全奏请清廷立即公布宪法，召开国会。这份建议清廷用"收回人心"方法平息各地风潮的奏稿，其创意、执笔均出自张謇。但是，局势发展之快远超两人的预想。此后，张謇与程德全均顺应历史潮流，从立宪走向共和。程德全宣布江苏独立，被推为中华民国军政府苏军都督。张謇则组织江苏临时议会，以"保守（江苏）秩序"。程德全委任张謇为军政府民政部长，总理两淮盐务，并通电承认以张謇为议长的江苏临时议会。张謇则劝导程德全进驻南京以实现宁、苏合一，并要求临时议会全力协助程德全。张謇还致电袁世凯、载沣、张人骏，劝导各方支持共和。张謇与程德全不仅对江苏全省走向共和厥功居伟，而且还积极参与南北议和，对实现国内统一以及民国政府的建立，做出了特殊贡献。

民国建立为张謇和程德全提供了更为广阔的舞台，两人都积极参加了民国初期的组党参政活动。1912 年 1 月，中华民国联合会成立，张謇被推为参议员与特务干事，程德全则担任副会长。3 月，张謇与程德全又在统一党成立会上被推为理事。张謇与程德全还分别被孙中山南京临时政府任命为实业部总长与司法部总长。尽管程德全并未到任，张謇稍后辞职，但他们均与孙中山保持着良好的关系。4 月，张謇与程德全参加了统一党欢迎孙中山的集会，并与孙中山等合影留念。程德全不久后出任江苏都督，张謇与程德全继续就江苏的教育、财政、盐务、水利、赈灾等方面密切合作，还与其他人共同发起建立上海蒙藏交通公司，拟从交通入手，开发中国的西北地区。自 1912 年下半年到 1913 年上半年，双方仅在上海、南京就晤谈六次。1913 年 3 月，宋教仁被刺，程德全亲赴上海处理“宋案”，并很快将全部证据公布于众。7 月，“二次革命”发生，程德全不久被免职，隐居上海，并遁入空门。此后，张謇与程德全偶尔还有所联系。1921 年 2 月，张謇在上海主持吴淞商埠局成立仪式，邀请程德全参加。1923 年 6 月，张謇在上海召开大生纱厂股东会议，会后拜访了程德全，“程久不通问，衰甚矣”。

1925 年，张謇为程德全拟《云阳程公纪念之碑》：“值庚子联军之役，俄军内犯，公奋身炮阵，悬命毡车，不屈不挠，卒寒敌胆。”“辛亥光复，举国绎骚，公顺民欲，候朝旨，督苏视师……国体虽更，民安如堵。”

张　謇 与 赵凤昌

赵凤昌（1856—1938），张之洞的幕僚。字竹君，晚号惜阴老人。江苏常州人。

张謇与赵凤昌相交于光绪二十六年（1900 年）夏，当时义和团运动掀起，八国联军攻占大沽，北方大乱，“江南震扰”。张謇当时在南京文正书院任职，张謇好友、沈葆桢之子沈瑜庆受盛宣怀、赵凤昌委托从上海赶到南京，找张謇“议保卫东南事”，双方很快达成共识。张謇遂向刘坤一陈述利害，促其决断，并推动刘坤一致电张之洞协调行动，实现了刘坤一、张之洞领衔的“东南互保”。这次虽然是由沈瑜庆带话，但赵凤昌的识见与谋略给张謇留下了深刻印象。同年下半年至翌年上半年，张謇五次往上海办事，在沪期间与赵凤昌见面并建立了友谊，赵凤昌时任湖北电报局驻上海代表。张謇与赵凤昌的通函逐渐增多，涉及内容亦日益广泛。

光绪三十年（1904 年），立宪运动逐步开展，张謇与赵凤昌进行了一次极为重要的合作。张之洞、魏光焘邀张謇代为起草请求立宪奏稿，张謇除在南京与蒯光典合作外，还到上海邀赵凤昌等参与其中。张謇与蒯光典、赵凤昌等反复修改奏稿，“重酌”“再酌”，还遵照赵凤昌的建议，将“日本国会借债八百兆”等内容补入。虽十易其稿，但因张之洞、魏光焘的重重顾虑而最终未将奏稿上奏。张謇对此极为不满，在致赵凤昌的函中抨击张之洞“创为有限宪法之说，民间有义务无权利”，是“学术杀人”，建议赵凤昌去规劝张之洞，“公与之有休戚之谊，不可不尽言”。与此同时，张謇还将刊印《宪法义解》等事交由赵凤昌完成，“印书必望速成、速布、速进”，嘱咐赵凤昌将《宪法义解》等“寄赵小山庆宽径达内庭”。经过努力，这些书稿终于送达慈禧太后手中，慈禧太后阅后谕曰:“日本有宪法，于国家甚好。”这次合作，总算是争取到清政府最高统治者的支持，推动了立宪运动的进一步开展。书稿送达慈禧太后的主张虽源自张謇，却是经过二人的共同努力得以实现。

宣统三年（1911 年），武昌起义爆发，南方“各处兵变之讯日紧”，十四个省相继脱离清政府独立。一方面，张謇审时度势，从敦促立宪转向支持共和，并公开亮相，偕同赵凤昌等致电各界人士，劝导他们拥护共和。另一方面，张謇又偕赵凤昌等在上海筹划南北和谈，推动国内局势朝着和平统一的方向发展。上海“为中外耳目所寄”的重要城市，伍廷芳、唐绍仪是南北推举的和谈代表，都与张謇交情深厚。正当中外媒体聚焦于英租界议事厅内进行的南北和谈时，有一场更实质、更私密的南北和谈却在一所私宅中进行，这所私宅即是赵凤昌位于南洋路 10 号的“惜阴堂”，“每星期总有一天或两天，程德全、汤寿潜、张謇、黄兴、汪兆铭、陈其美等即在赵家聚会”。“惜阴堂”的和谈静悄悄，表面上不如伍廷芳、唐绍仪的会谈热闹，但赵宅密谈才是北洋、立宪派、革命派三大阵营真正的南北谈判，决定着台前伍廷芳、唐绍仪会谈的走势。这些“大佬”们讨论着即将诞生的新国家的国家体制、权力分配等最重要的问题。张謇在“惜阴堂”“大佬”中的位置又非常特殊，袁世凯信任他，特别嘱咐唐绍仪到上海后“先晤张謇探其意旨”，南方革命党“对张很佩服很重视，有不少事要请教张”，张謇由此成为唯一可以“一手托南北”的特殊人物。张謇在此期间“往往趋而谋之赵，张每自南通来沪，必住赵家”，听取赵凤昌很多有益的建议。“惜阴堂”内的和谈，为保全近代中华民族共同体的完整，化解南北冲突分裂危机，确保中国帝制向共和政体和平转轨做出了伟大而特殊的贡献。

张謇交往的风云人物往往具有各式头衔，但如赵凤昌只有幕僚身份的却是极少。功高不在位尊，赵凤昌是个伟大的“幕后人”，协助张謇完成了南北统一的和谈。后人夸奖张謇、赵凤昌是“民国产婆”，两人当之无愧。

1926 年，张謇去世，赵凤昌拟挽章：“人亡国粹。”

张　謇　与　许鼎霖

许鼎霖（1857—1915），清驻秘鲁领事官、庐州知府、浙江洋务局总办等，民国江苏省议会议员、苏北荡营垦务督办等。字久香。江苏赣榆人。

光绪十四年（1888 年），张謇往赣榆担任选青书院院长并修《赣榆县志》。选青书院为许鼎霖的父亲许恩普创办，张謇抵赣榆第一日，许鼎霖即赶来相见，两人由此开始交往。张謇在赣榆两个月间，曾为选青书院拟联：“地邻齐鲁大区，愿诸生绍述儒林，广为上都培杞梓。客是江淮男子，笑十载驰驱幕府，又来东海看涛山。”

光绪二十年（1894 年），张謇在南通创办大生纱厂。许鼎霖亦在担任了驻外领事、知府、总办等职务的过程中，逐步认识到“实业救国”的重要性，“录录从政役所补微，思自效工贾为国塞漏卮，兴大利”。光绪三十年（1904 年），张謇与许鼎霖在上海会面，许鼎霖拟创办耀徐玻璃公司，张謇遂为许鼎霖筹划“集股本银五十万两，订有集股章程二十条呈（商）部”“奏准立案，（允）在徐州境内专办十年”。张謇又面见端方，促其为耀徐玻璃公司颁发“关防”。翌年，张謇还亲自陪同许鼎霖往宿迁视察筹建中的玻璃公司所在地，“当京镇铁路之冲，去厂半里许，可谓适宜”。张謇还考察了玻璃砂产地及冶炼玻璃必须的煤炭等资源地，“途中皆见有玻璃砂及白石”“若就近得佳煤以为用，大利可兴矣”。光绪三十四年（1908年），耀徐玻璃公司建成投产。宣统二年（1910年），公司生产的玻璃产品在南洋劝业会上荣获“一等奖”。张謇与许鼎霖合作创办的实业，还有光绪三十年（1904年）设在镇江的开成笔铅厂，光绪三十一年（1905年）设在海州的海丰面粉厂等。在张謇的支持下，许鼎霖、沈云沛等还分别在光绪三十年（1904年）、光绪三十一年（1905年）于海州、赣榆两地创办海赣垦牧公司，于光绪三十二年（1906年）在海州创办赣丰油饼公司。宣统三年（1911年），张謇特邀许鼎霖一同前往东北三省考察实业。

张謇与许鼎霖共同推动江苏铁路建设。他们在上海协助王清穆成立商办苏省铁路公司，另于苏州建分公司，负责全省的铁路建设工程。他们还在苏州创办铁路学校，为江苏铁路建设培养人才；往上海、南京、镇江、扬州等地，劝告各地官员支持修筑铁路；并召开各种认股会，向社会各界筹集筑路资金；还联合汤寿潜等浙省铁路公司负责人，致电外务部、邮电部，反对朝廷铁路国有与借债筑路政策，“苏举许鼎霖、浙举张元济代表赴京枢、外署，争商办苏、浙路，谢外债”。光绪三十三年（1907年），为与浙省铁路公司修筑的杭嘉铁路相连，张謇与许鼎霖推动苏路南线，即沪嘉铁路首先开工，并于宣统元年（1909年）建成通车。与此同时，张謇与许鼎霖又前往清江浦，实地考察苏路北线工程。

张謇与许鼎霖还共同治理淮河。千里长淮流经苏北进入大海，往往给苏北民众带来深重灾难。光绪三十二年（1906年），淮河大灾，“徐、海之饥民，流亡而聚于清河者已五十万，宿州之饥民已三十万”。张謇与许鼎霖草拟《复淮浚河标本兼治议》《复淮浚河标本兼治议后》《淮北工赈请拨镑余疏》三文，交岑春煊上奏朝廷。三篇文稿陈述了淮灾之惨及灾重之由，建议朝廷用“以工代赈”治理淮灾。光绪三十三年(1907年)，张謇与许鼎霖又撰《议办导淮公司纲要》，详细阐述导淮治水的策略，呼吁政府官员会商，建一导淮机构，专门负责导淮工程。张謇与许鼎霖两次邀集官绅为灾民赈济，并招募灾民行动起来疏浚淮河。由于清政府对水利的漠视，加上工程本身难度极大，导淮工程进展缓慢。民国建立后，张謇与许鼎霖仍对导淮给予持续关注。

立宪运动开始后，张謇、郑孝胥在上海建立预备立宪公会，张謇任副会长，后改任会长，许鼎霖积极参与其中，任本部事务所会董。光绪三十四年（1908年），张謇与许鼎霖以立宪公会名义致函各省立宪团体，呼吁派代表汇集北京向清政府递交《呈请速开国会书》。宣统元年（1909年），张謇与许鼎霖筹建江苏咨议局，张謇任议长，许鼎霖任学务特审员与审议会议长。武昌起义爆发后，张謇转而支持共和的同时，不忘提醒许鼎霖：“欲和平解决，非共和无善策，此南中万派一致之公论，非下走一人之私言。”对推动许鼎霖与清政府决裂发挥了关键作用。1913年，张謇辞去江苏议会议长职务，将议长一职“推让久香”。对于外界误解，张謇做出解释，并给予许鼎霖极高评价：“诸君未知缘因，以为久香排我，未免误会。走之汲引久香，以其在江北人中才调独出，可望其为后劲。”

1915年，许鼎霖去世，张謇拟挽联吊唁：“仕宦未崇，事农商未终，所苦在毕生疲于津梁，奈何无命；才辩得望，好议论得谤，乃复以贞疾厄其年寿，是则可哀。”

张　謇 与 何嗣焜

何嗣焜（1843—1901），清三品盐运使衔、候补知府、南洋公学总理等。字眉孙（梅生、枚生）、定庵。江苏武进人。

光绪二年（1876 年），张謇在吴长庆幕上。因吴长庆与张树声友善，“笺牍往还无虚月”，张謇由此知晓了张树声的幕僚何嗣焜其人。与何嗣焜交好的张謇幕友杨昌祜告诉张謇，何嗣焜仰慕张謇，欲“与为友”。张謇致函何嗣焜戏称：您这样如同孔融的名士，也知道世界上有我刘备这个人啊。何嗣焜阅后“大欢”。张謇与何嗣焜遂开始交往，并成为好友。张謇评价何嗣焜：“君恂恂儒者，广众之中言欲不能尽意，而博涉群书，益究心于当世之务，与謇议论，十常八九合，时时规謇太刚。”这段话概括了两人成为好友的原因。

光绪八年（1882 年），朝鲜发生“壬午兵变”，张树声令吴长庆率军入朝平乱，吴长庆赴朝鲜前与张树声在天津密谈，张謇、何嗣焜得以双方幕僚身份参与机要，议商发兵东渡事。两人还单独会面讨论入朝具体事宜，张謇十分欣赏何嗣焜“临大事决策发谋之智”。入朝期间，张謇日以继夜“理画前敌军事”，协助吴长庆迅速平定了朝鲜兵变。何嗣焜虽留在国内，但为张树声指挥前线建言献策，颇多贡献。两人均以才识为吴长庆、张树声赏识并受到举荐，尤其是吴长庆致函张树声，坚决要求上奏朝廷破格录用两人，然却为张謇、何嗣焜婉言谢绝。吴长庆回国后受李鸿章排挤，张謇与何嗣焜担忧吴长庆的处境，多次为吴长庆谋进退之策。不久，何嗣焜受托转告张謇，李鸿章、张树声都想邀张謇入幕，张謇不愿离开吴长庆，“吾辈如处女，岂可不择媒妁，草草字人”，婉辞了李鸿章、张树声的聘书。光绪九年（1883年），张树声调任两广总督，何嗣焜随行，张謇写诗为何嗣焜送别：“愿子长努力，规我无隐情。”

光绪十年（1884年），吴长庆、张树声先后去世，张謇与何翮焜亦分别返乡谋食。光绪十二年（1886年），张謇致函何嗣焜：“足下相爱之意甚厚无穷，所论人物与謇所见亦罔有不合。”张謇盛邀何嗣焜于明年初到海门常乐一聚，“不知吾眉孙彼时亦有暇否？”何嗣焜踊跃赴约，与张謇、范当世在柳西草堂畅叙友情。光绪十三年（1887年）秋，黄河于河南境内决口，张謇正在时任开封知府的孙云锦幕上，积极协助孙云锦治河救灾。张謇并向河南巡抚倪文蔚提出多种治河策略，未被采纳，遂无意久留。张謇云：“余为孙先生来，不能因抚院而去……因举何眉孙为代，促之来。”张謇的推荐被允准。光绪十五年（1889年），倪文蔚向朝廷举荐黄河河工有功人员，张謇与何嗣焜分别获授六品衔教谕与三品盐运使衔、候补知府。

张謇考中状元后，投身“实业救国”，受张之洞委托在南通创办大生纱厂，并任南京文正书院院长。何嗣焜则受盛宣怀邀请，担任上海南洋公学总理。其间，张謇与何嗣焜在宁、沪频繁会面，交流创业中的心得。光绪二十四年（1898年），张謇往上海参加江苏商务局会议，会前不顾身患疟疾，寒热交作，在何嗣焜陪同下亲往徐家汇参观建校不久的南洋公学，并拜访总教习福开森，给予何嗣焜很大支持。光绪二十三年（1897年），张謇依靠社会筹资创办纱厂遭遇挫折时，何嗣焜与郑孝胥帮助张謇与盛宣怀议定了“合领分办”“通沪分任”方案。光绪二十五年（1899 年），大生纱厂建成投产，流动资金严重短缺，张謇赴上海作筹款努力连遭挫折时，何嗣焜与郑孝胥再次给予张謇慰藉和帮助。同年末，何嗣焜应邀抵通，张謇、范当世陪同何嗣焜往长江江边“看大成沙坝”。“此沙去冬议为南洋公学通海小学而立”，计划由何嗣焜提出，张謇赞同并任“见议”人，这项计划是张謇与何嗣焜共同合作的产物。

光绪二十四年（1898 年），慈禧太后发动“戊戌政变”，囚禁光绪帝于瀛台，清政府中枢大乱；光绪二十六年（1900 年），北方义和团运动掀起高潮，又危及东南。张謇曾描述他与何嗣焜当时为国事奔忙的情形：“国事沸腾，謇在江宁，君在上海，相与皇皇奔走，诣当事陈说利害得失，若救室家之焚而不得水者。”张謇与何嗣焜经过努力，终获成果，一是促成刘坤一等上奏《太后训政保护圣躬疏》，保护了光绪帝的安全；二是联络赵凤昌、盛宣怀等人，促成刘坤一、张之洞领衔实施了“东南互保”。当时“谋弋謇者，方谣诼百出”，张謇处惊不变，只顾往前，何嗣焜“时为之危，既见謇绝不一顾，又以是相壮”，两人相互鼓励，并肩前行。

光绪二十七年（1901 年），何嗣焜患脑溢血去世，张謇痛失好友，拟挽联云：“孰置君天地盲晦之时，热血一腔，死于经济；益坚我江海沉沦之志，侧身四顾，凄绝平生。”1917 年，南洋公学二十周年纪念时，张謇又为公学所立何嗣焜纪念碑撰写碑文：“中国公学之兴，自南洋始。南洋公学之建，自何先生始。先生以清光绪二十三年丁酉，为公学总理，询咨擘画，造端经营，一涂一径，一甓一石，皆出先生之心之手。阅五年辛丑，校舍次第完成，规模粗具矣。”

张謇与杨度

张謇与杨度第一次见面是在1912年10月。当时，张謇从北京前往天津迎接梁启超从海外回国，同行者有黄兴、范源濂等，杨度亦在其中。1913年10月起，张謇担任民国农商部总长兼全国水利局总裁达两年，其中大部分时间在北京度过；杨度同期为参政院参政，亦主要在北京任职。张謇尚未进京时，《时报》一度传闻："张謇不来，代以杨度内阁或可即成。"张謇进京入阁后，《时报》又传闻："杨度将长农商，张謇旧部闻之多辞职者。"但最终都未成为事实。在两年时间里，张謇与杨度都在北京任职，两人关系却比较一般。

1915年8月，杨度引起张謇高度关注。12日，张謇在日记中记载："杨（度）、孙（毓筠）、刘（师培）、胡（瑛）、严（复）、李（燮和）诸人设筹安会，进行颇急。"18日记载："闻有湘人贺振雄者请诛六贼，即杨（度）、孙（毓筠）等也。"贺振雄为何人？贺是杨度湖南同乡，在报刊上公开发表给肃政厅的呈文："恳请肃政厅长代呈我大总统，立饬军政执法处，严拿杨度一干祸贼明正典刑，以正国是，以救灭亡，以谢天下人民，以释友邦疑惑。"张謇19日又记载："闻高等检察厅长罗文幹辞职。"罗文幹时任民国总检察长，赞赏贺振雄的呈文，找章宗祥商议却遭到驳斥，罗文幹不愿同流合污，遂告假南归。张謇几天内所记文字虽然简略，但反映出当时北京城内共和、帝制两个阵营博弈的紧张气氛。张謇认为，杨度是袁世凯复辟帝制的重要推手，袁世凯又支持杨度，复辟帝制在即，大祸就要降临。20日，即在得知罗文幹辞职的第二天，张謇亦断然决定辞职南返，与袁世凯等分道扬镳。他称自己乘的是“特别快车”，意思是离开袁、杨越快越好，越远越好。其后局势急转直下，袁世凯病卒，张謇给袁世凯作出了“权术不可以为国，专欲必至于亡身”的评定。杨度亦在张謇脑海中留下了乱臣贼子、祸乱大局的形象。

杨度1915年鼓吹帝制，影响到国内时局的走向，也导致了张謇与袁世凯的决裂，从此天下大乱，军阀混战。但杨度并非在每个阶段都逆历史潮流而行。例如，张謇与杨度当初都主张立宪，双方观点一度走得比较近。光绪三十一年（1905年），端方等五大臣出国考察宪政，张謇前往送行，端方回国后，张謇又设宴招待，而此时，杨度则在日本为五大臣起草考察各国宪政的报告。1929年，杨度还经潘汉年介绍，周恩来批准，秘密加入了中国共产党。有人讥讽杨度投机时，杨度为自己辩白说：“方今白色恐怖，云何投机？”1915年张謇与杨度的关系，并不代表双方过去关系的全部。1915年的杨度，亦不代表杨度的全部。

张　謇　与　袁世凯

张謇与袁世凯的交往始于光绪七年（1881 年）。袁世凯出身官宦世家，因两次乡试未中弃文就武，往山东登州投靠吴长庆，吴长庆与袁世凯嗣父袁保庆友善，故留袁世凯于军中。张謇此时正在吴军幕中，遵命为袁世凯改窗课，袁世凯以师礼待张謇，尊称张謇为老师。袁世凯文字粗疏，不能成篇，但办事干练，机敏果敢，得到张謇的欣赏。光绪八年（1882 年），吴长庆率军进入朝鲜平定“壬午兵变”之际，张謇举荐袁世凯担任前敌营务处事，“营务处者，犹昔军咨祭酒行军司马，凡军中事，咸得督察”。吴长庆奉召回国时，又因张謇的举荐，吴长庆命袁世凯帮同统带，将所部三营交袁世凯留驻朝鲜。张謇应是赏识推荐袁世凯之第一人。但是，袁世凯不久攀附上李鸿章，“一切变革，露才扬己，颇有令公（指吴长庆）难堪者”。袁世凯对张謇的称呼也从“张师”改为“张翁”“张兄”。张謇等吴长庆旧僚对袁世凯的势利人格联名斥责，规劝袁世凯“息以静气，一月不出门，将前劝读之《呻吟语》《近思录》《格言联璧》诸书字字细看，事事引镜，勿谓天下人皆愚，勿谓天下人皆弱，脚踏实地，痛改前非”。张謇由此又是批评袁世凯之第一人，两人为此断交达 20 年之久。20 年中，张謇对袁世凯的才能时有肯定，“其材固公家谢幼度也”，对其人格也时有指责，“是儿反侧能作贼，将祸天下，奈何”？袁世凯对张謇亦然，张謇在顺天乡试中中“南元”，袁世凯致贺函赠贺银，赠银数量还明显多于他人，但两人的心结从未解开。

立宪运动开始后，张謇呼吁袁世凯支持立宪，尤其是光绪三十二年（1906年），朝廷下诏预备立宪，张謇再次呼吁袁世凯：“立宪伟业，惟公是赖……吴武壮有知，必为凌云一笑。”并表示愿尽弃前嫌，与袁世凯携手推进立宪，袁世凯仍然依违两可。宣统元年（1909年），情形发生变化，张謇组织请愿团进京敦促速开国会，个人声望益高，袁世凯却险遭载沣处决，最后被罢斥回河南彰德洹上村闲赋。宣统三年（1911年），张謇赴京途中绕道洹上村与袁世凯会晤，张謇“道故论时，觉其意度视廿八年前大进，远在碌碌诸公之上”。张謇此前经过天津时参观了由袁世凯主持的各项新政，“慰廷要是不凡……举世督抚，谁能及之”，张謇开始对袁世凯在未来政局中的作用寄予厚望。反之，袁世凯的东山再起亦需要以张謇为首的东南士绅支持，故在会晤中对张謇极为迎合，洹上会晤解开了两人多年的心结，为两人在即将到来的大变局中进行合作消除了障碍。武昌起义发生后，南方各省相继独立，清政府被迫起用袁世凯镇压革命党人，同时指令袁世凯组织责任内阁。袁世凯邀张謇担任农工商大臣一职，并授予张謇宣慰使，但是，张謇已顺应潮流转向共和，遂致电袁世凯辞两职，称时至今日“尚有何情可慰？尚有何词可宣”？同时一再致电袁世凯，劝其支持共和，争取与南方达成协议。南北议和开始后，张謇积极主持“惜阴堂”幕后会谈，利用自己“一手托南北”的特殊身份，化解双方冲突和分裂危机，保全大中华共同体。张謇同时推动袁世凯逼迫宣统帝下台，并参与草拟逊位诏书经各方认可后发布，确保了中国在帝制终结后能够较为平和地转移到共和的轨道。

民国建立后，张謇担任孙中山临时政府实业部总长兼两淮盐政总理，后因不满临时政府为解决资金短缺让日本入股汉冶萍公司而辞职。与此同时，张謇参与创立的统一党与其他一些政党组成共和党，又在梁启超推动下，统一、共和、民主三党再次合并成进步党，与孙中山的国民党争夺领导权。在南北争执期间，张謇倾向于袁世凯，这种倾向性亦代表大多数立宪派的意见，大家都认为惟袁世凯有实力统一中国，稳定局势。袁世凯当选大总统之际，张謇忠告袁世凯，国内“政体甫定，仅得半耳，乱机潜伏，触处皆见”。组阁宜“勿尽置左右……且愿公合诸界一炉而冶，以示廓然之公”。对于袁世凯的组阁邀请，张謇一再推辞，并推荐好友熊希龄出任内阁总理。“惟审察时局，尚未至可以效力之期。自忖目前但可以一、二事稍分公虑，幸勿处以国务地位”。“二次革命”发生后，张勋部抢先攻占南京，大开杀戒，却被袁世凯任命为江苏都督，张謇强烈反对，“苏人之见，对于中央非宁张先去，通张不来……此江苏人民真正舆论，中央若再徇感情，坚持到底，则后患无穷，亦不必北行矣”。1913 年 10 月，在熊希龄一再邀请下，张謇才赴京就任农商部总长兼全国水利局总裁。袁世凯对张謇极为笼络，继 1912 年授张謇二位一等嘉禾勋章，张謇上任后再授一枚嘉禾勋章。1914 年新年宴会上，袁世凯嘱张謇代表全体阁员演说。1915 年又授予张謇中卿官秩。但张謇内心一直不愿与袁世凯建立依附关系，“余本无仕宦之志，此来不为总理，不为总统，为自己志愿。志愿为何？即欲本平昔所读之书，与朋辈讲论之事，试效于政事。志愿能达则达，不能达即止，不因人也”。张謇所谓的“自己志愿”，即通过入阁施政，实现“实业救国”的抱负。但是，张謇很快发现京城施政步履维艰，袁世凯对改善张謇的施政环境并不热心。“现在中央政府之事权，当不能如一外省之都督，论事权则不能统一，论财权则库空如洗。”张謇提出辞职，袁世凯“温语慰留”，张謇只好连续三次请假南下巡察，离京时间越来越长，第三次离京达四个月之久。张謇最担心的是袁世凯复辟帝制，导致局势动乱。1914 年初，张謇告诫袁世凯：“乱党散布南洋及欧美各国到处演说，以解散国会，改总统制，祀天用衮冕，为帝制复活之渐，”宜“当明白宣布，以释群疑”。1915 年下半年，“都下（复辟帝制）谣言益盛”“先是，知公府延东西外人为政事顾问，近复有筹安会倡议者……莫测其宗旨，言者谓其将佐命于帝制也”。当张謇发现袁世凯称帝之念已定时，断然决定与袁世凯分手，辞行时“劝他做中国第一人的华盛顿，不要效法法国上断头台的路易，他一味不承认，并且说他自己怎样也不愿意做皇帝”。袁世凯称帝前颁布褒扬张謇策令，称帝时又加封徐世昌、赵尔巽、李经羲、张謇为“嵩山四友”，以示张謇属于自己最亲密的核心圈成员，但张謇内心已寒，一概不予理睬。袁世凯称帝后，各省发起讨伐袁世凯的“护国运动”，张謇警告袁世凯，促其立即下台：“若再迁延，必更祸己祸国，尚忍言哉！”张謇亦拒绝袁世凯让他再次充当南北调解人的要求，“自帝制告成，而洹上之信用落；帝制取消，而洹上之威望坠。无威无信，凭何自立？”

1916 年 6 月，袁世凯因复辟帝制失败病亡。张謇叹道：“三十年更事之才，三千年未有之会，可以成第一流人，而卒败于群小之手。谓天之训迪吾民乎，抑人之自为而已。”

张 謇 与 黎元洪

宣统三年（1911 年）八月，张謇往武昌参加大维公司开业典礼时，注重联络当地的官商人士，但不会想到日后会与军界的黎元洪发生联系。武昌起义爆发后，黎元洪成为国内政治舞台上的风云人物，张謇、黎元洪的运行轨迹开始出现密切交集。

1912 年 2 月，张謇为武昌大维公司租营权被应昌公司借革命之机夺回一事向黎元洪求助，提醒“契约性质不因政府改革而失其效力……大维合同未经期满，似无由他商接办之理”，得到黎元洪的支持。同年 5 月，两人共同参与建立了由统一党与其他政党合并而成的共和党，黎元洪任理事长，张謇任理事。同年 10 月，张謇从北京抵达汉口，黎元洪组织各界人士热烈欢迎，两人在宴会上“与谈一切”。张謇对黎元洪印象颇佳：“黎诚笃而廉洁，以是得众心。”1913 年 5 月，两人又共同参与建立了由共和党与其他政党合并组成的进步党，同样由黎元洪任理事长，张謇任理事。张謇与黎元洪再次见面，已是 1913 年 12 月，张謇到北京任农商部总长兼全国水利局总裁之际，黎元洪在北京任副总统。袁世凯大权独揽，黎元洪形同摆设。张謇拜会了黎元洪，并参加了袁世凯为黎元洪所设的宴会。

1916 年 6 月，袁世凯病卒，黎元洪依法继任大总统，张謇致电祝贺，认为“一国之立，必有其本。本何在？在道德”。建议黎元洪“必使中国成法治国”。在黎元洪第一次大总统任上，张謇与黎元洪有两次较为重要的交往，一是张謇致电黎元洪反对任命徐恩元担任中国银行总裁，二是张謇呼吁中央政府为蔡锷实行国葬。1917 年上半年，黎元洪因免除段祺瑞职务遭遇执政危机，试图邀张謇入阁以稳定阵脚，张謇不想卷入军阀派系之争，婉拒了黎元洪的邀请。1922 年 6 月，黎元洪复出再次担任大总统，恰逢张謇七十岁寿辰，黎元洪专门派代表抵通贺寿，并送寿联：“山中宰相神仙福，江左夷吾干济才。”随后，黎元洪任命张謇之子张孝若为中国政府实业专使，“前往欧美调查实业事宜”。同年 11 月，黎元洪又授张謇一等大绶宝光嘉禾勋章，对张謇颇多笼络。在黎元洪第二次大总统任上，张謇为吴淞商埠局工程以及陇海铁路南线走向等国计民生问题与黎元洪有过多次筹商。1923 年 9 月，张謇与再次下台的黎元洪在上海会面，劝黎元洪以“江浙和平之重，勿有听人举动之事”“以冷静自处，谢绝宾客。所谓宾客，于公并无有益之处。见人多，则利用多，恐徒为他方作导火线，实大损于公也”。同年，上海《密勒氏评论报》将张謇与黎元洪同时列入“中国现时生存之最伟大人物十二人”名单。

1926 年，张謇去世，黎元洪致唁电哀悼：“时局艰危，夺我元老，人亡国瘁，举世同悲。”

张 謇 与 冯国璋

1914年，张謇为勘查淮河水灾往返南北，三次途经南京。每次抵达南京时，张謇必与冯国璋见面。张謇时任农商部总长兼全国水利局总裁，冯国璋则担任江苏都督。两人见面并非简单的礼节性拜会，而往往是“磋商要政”，双方关系甚为密切。张謇在会面中还向冯国璋介绍了自己在苏北沿海“废灶兴垦”，创办通海垦牧公司的情况，引起冯国璋兴趣。冯国璋派下属鄢遇春到南通参观考察，张謇给予热情接待，嘱专人陪同考察垦区，并赠送冯国璋一部《通海垦牧公司开办十年之历史》，让冯国璋能“知该公司经营之大概”。1915年下半年，袁世凯称帝之心日益暴露，蔡锷于云南发动护国运动，张謇亦相继辞去两项职务，返回南通经营“村落主义”。翌年初，张謇致函冯国璋，希望冯国璋于南京成立中央政府，舍袁世凯以恢复全国的“统一”与“秩序”。袁世凯病卒后，冯国璋成为民国副总统。当上副总统的冯国璋仍不忘记张謇介绍的苏北沿海开发计划，决定邀张謇在阜宁共同发起筹建华成盐垦公司。事实上，冯国璋的筹建仅在于发起而已，具体事务一切委托张謇，张謇为筹建公司积极奔走。1917年，冯国璋继黎元洪后成为大总统。同年秋，天津、保定大水，被灾数十州县，张謇致电冯国璋，表示“津郡奇灾，救恤之义，责在邻省”，已嘱通海各实业为之筹垫银十万元以助急赈。

这笔款项成为张謇捐助南通以外地区最大的一笔善款。冯国璋很为感动，专向张謇颁发“善与人同”匾额，以示褒扬。

进入 1918 年，张謇与冯国璋的关系因民国政府的内外政策急剧恶化。首先是冯国璋、段祺瑞决定对川、湘、粤等省用兵，实行“武力统一”。张謇强烈反对内战，劝告冯国璋、段祺瑞“民国成立，忽忽七年。蜩螗沸羹，岁无宁晷”“如曲在政府，不妨为公理而屈；若曲在西南，西南之人亦必有明公理者”。其次是冯国璋、段祺瑞与日本签订的中日军事密约泄露，引起社会各界惊恐与震怒。张謇给冯国璋、段祺瑞连发四电，强烈警告：“（中日密约）凡此诸条，明目张胆，兼巧篡豪夺而有之。”“中央如果不曾卖国，则请早日宣布。否则必有不能告人之隐。”

华成盐垦公司盐场

张　謇 与 徐世昌

徐世昌（1855—1939），清军机大臣、署理兵部尚书、协办大学士、体仁阁大学士、东三省总督兼管三省将军事务，民国国务卿、大总统等。字卜五，号菊人。直隶天津人。

宣统三年（1911 年）五月，张謇为组织赴美报聘团进京，受到载沣以下众多大臣热情接待。当张謇获悉朝廷对他还有“授宾师之位”的安排时，急忙表明他不愿“以公推而来，得官而去”。张謇拜访徐世昌，即是重申自己此行的目的。徐世昌表示理解，并设宴招待。1913 年 10 月，张謇担任熊希龄内阁农商部总长兼全国水利局总裁，在上呈袁世凯有关“疏浚辽河”“沟通松辽”计划时，也向徐世昌作通报，既表明对徐世昌的尊重，更是为了得到曾任东三省总督的徐世昌的指导。之后，张謇专门拜访徐世昌，为山东实业司司长潘复创办“鲁厂”过程中遭遇的困难，请求徐世昌为其排忧解难。1915 年 8 月，袁世凯加快复辟帝制步伐，张謇强烈反对，并辞职南归。徐世昌内心反对，但缄口不言，为日后以局外人身份收拾残局留下转圜余地。12 月，袁世凯加封张謇、徐世昌等“嵩山四友”“嵩山照影各一”，并五项优待条件，两人均置之不理。袁世凯称帝后，蔡锷发起护国运动，声讨袁世凯，南方各省纷纷响应，袁世凯陷入重围。徐世昌致函张謇，“劝北上”，为袁世凯调解南北，张謇遂复函徐世昌，高度评价徐世昌在帝制“勃兴之时，洁身而退……风谊卓然，谁不钦仰”。又谢绝当调解人，“自帝制告成，而洹上之信用落；帝制取消，而洹上之威望坠。无威无信，凭何自立？”“为国计，免外人之干涉；为民计，免军人之荼毒；为洹上计，上不失为日月更食之君子，次不失为与时屈伸之英雄”。

其后，张謇立足南通，注重推进“地方自治”建设，但两人交往并未中断。1918 年 10 月，徐世昌担任大总统，张謇致电祝贺：“公于南北之违，本无左右之见。今以元首出当调人，与民吉声，置国平地。好所好，恶所恶，匪曰视听于天；是曰是，非曰非，庶几明白有日。”两人交往张謇较为主动，一般通过函电方式进行。由于张謇视野宽广与经营事业众多，交往范围非常广泛，有建议徐世昌大力发展中国植棉业，或筹运粮食出口“济助西欧战后民食，特别免税”的，有请求徐世昌“保护幼稚之内国商民，稍减外商之压力”，或授予淮南盐垦公司“遇事急时得施正当之防御”自卫权的，有呼吁徐世昌允借江宁县城成贤街文德里官房作中国科学社社所与图书馆用途，或秉公处理江阴段山夹私坝积案的，等等，徐世昌均给予了程度不同的积极回应。此外，张謇计划开展的三项重大工程——江苏运河工程、江苏新运河工程、上海吴淞商埠工程，都在徐世昌大总统任内获得批准。张謇还被委任为工程督办，同时主持开展三大工程。为表彰其在国计民生领域的突出贡献，徐世昌授予张謇一等大绶宝光嘉禾勋章。

但是，在内政外交等领域，张謇与徐世昌的政见却很不相同。1919 年，巴黎和会召开，中国政府指示与会代表同意将原德国在山东的权利转让给日本，加以“中日前订山东高徐、顺济两路草合同”消息传回国内，举国哗然，张謇怒斥徐世昌：“全国愤恨，愈演愈激，此为三年以来亲日政策之结晶。亲日政策者，大总统建议，而芝泉（指段祺瑞）赞成之。”强烈敦促徐世昌“迅电巴黎专使，严令决勿签字”。徐世昌逮捕参加游行示威的爱国学生，将其投入监狱，张謇又致电徐世昌，呼吁放人：“窃念京、津学生举动有激而成，其思诚究出于爱国。当此全国鼎沸，似不宜过拂舆情，为意外利用，致增内哄。拟求将逮捕学生释放，以安学校，而靖民气。”

总体而言，张謇、徐世昌间斗而不破，相互尊重，交往过程相对平稳，两人还发展了较为良好的个人关系。1920 年，张謇嘱南通纺织专门学校学生将“大总统相片”“仿织一帙，亦丝绣平原之意。惟我公奕奕神采，未能全得”，谨以奉呈。1922 年，张謇七十岁寿辰，徐世昌赠寿联:“博综君言开气象，甄明庶汇保安和。”又赠寿章“冲融醋粹”，以示祝贺。

1926 年，张謇去世，徐世昌拟挽联吊唁：“风度长论千载上，讴思应遍大江东。”

张謇与曹锟

曹锟（1862—1938），清天津武备学堂学生，后任北洋军帮统、统领、第三镇统制官，民国陆军第三师师长、直隶督军、大总统等。字仲珊。天津大沽人。

1916年，张謇与曹锟的名字在梁启超的《（创设松坡图书馆）缘起》发起人名单中同时出现。1922年上半年，直奉矛盾激化，导致武装冲突。4月，张謇致电包括曹锟在内的直奉双方："既战矣，人民之毁室倾家，已无可偿，将士之绝脏断脰，已不可续。"呼吁停战议和，"必先自两军释兵始，释兵而后可语于推选集会之商榷也。公其有意乎？"5月，张謇又致电张锡銮、赵尔巽等，希望传话曹锟："欲使众人消无知之猜虑，必于国是为有序之进行。进行之第一义，则速谋召集代表民意机关之国会是也。"张謇的一再呼吁并没有得到双方响应，直奉战争还是在7月爆发了。但是，从中可以证实的是张謇对曹锟的重视。张謇之所以如此，是因为曹锟自1916年担任直隶督军后，势力不断扩充，驻扎地保定逐渐成了直系大本营，曹锟亦逐渐成为直系重要将领与政治舞台上的风云人物。张謇每遇国内发生重大变故，往往将曹作为对话的代表人物。

当时，国内重大变故频频出现。1921年后，中国银行、交通银行发生挤兑风潮，社会弥漫着恐慌情绪。1922年5月，张謇以交通银行股东联合会会长名义，致电徐世昌、曹锟等：“迩来南北交哄，中、交挤兑，国中实业受金融恐慌之累巨矣……一波幸平，何堪复有此震动矧去大祲之后乎？”11月，政府忽有“查办上海招商局之举动”，张謇又致电黎元洪、曹锟等：“上海为万国所具瞻，招商局为华航之硕果，必欲横施暴举，股东等亦何患无术求全……川路亡清，殷鉴不远，心所谓危，不敢不告。”1923年5月，山东发生临城劫案，张謇再次致电曹锟、吴佩孚等：“为此时此地计，宜驻以节制之军，供以充裕之饷，以四省合力统筹，期归肃清。”张謇为维护国计民生，对待曹锟既有告诫，亦有建议。

1923年10月，曹锟通过“贿选”当选大总统。张謇闻讯后在日记中写下“曹锟贿选总统成”字样，也没有按惯例致电祝贺，表明对曹锟此举极不以为然。曹锟担任大总统只有一年时间，张謇与曹锟在这个阶段的交往仅有两次，一是张謇呈请曹锟为江苏创办大学“量拨官有地产，给充基金”；二是张謇生日，曹锟派常耀奎抵南通为张謇贺寿。

1926年，张謇去世，曹锟致唁电悼念：“惊闻尊公骑箕之耗，于国家哀丧元老，于私交痛失挚友，寝门一哭，百感交并。”

张 謇 与 段祺瑞

1913年10月，张謇进京赴任，人在路上，已由袁世凯下令授予一等嘉禾勋章，同获嘉禾勋章的还有时任陆军部总长的段祺瑞。张謇在京担任农商部总长兼全国水利局总裁的两年中，与段祺瑞多次共同出席政府会议或庆典等重大活动，两人开始有了私交。1914年7月，适逢段祺瑞五十岁寿辰，张謇致函贺寿，称“将军当天策开府之时，列云台上将之首”“楹联一匣，敢祈哂纳”。翌年4月，张謇向段祺瑞推荐江南陆师学堂学生徐承业，称徐承业热心于“军事上应用学术”，并“分编用书十余种”，惟出身寒门，生活清贫，望“稍予相当之津贴”，让徐能完成研究，为军队服务。

1916年6月袁世凯病卒后，黎元洪继任大总统，段祺瑞为国务总理。张謇因反对袁世凯称帝，已经辞职，并返回南通从事地方自治事业。鉴于袁世凯复辟帝制的教训，张謇给段祺瑞连发两电：“外交之厄，或从此止，天矣；内政之艰，且从此始，责在人矣。必使军队、议员渐趋正轨，乃有望治之机，乃有财政可理。”“（今政局）循环更迭以为难者，莫不知为军政、财政固已。顾下走以为此非本也，本在道德。道德者，良心而已。”张謇对刚进入权力中枢的段祺瑞既是提醒，亦是忠告。时隔不久，中国银行遭遇挤兑风潮，“小民嗟怨，国信扫地，万分危险”。挤兑风潮源于民国政府从银行挪用“过巨，（银行）无力支持，竟至停兑”。张謇强烈呼吁段祺瑞“速筹的款，拨济京、津两行从速开兑，以新天下耳目”。岂料一波未平，一波又起，中国银行尽管含有大量商股，却是国家银行，财政部命徐恩元任银行总裁，遭遇社会各界反对，张謇受托给段祺瑞连发三电。两电以个人身份，第三电以商股联合会会长身份，指出徐恩元“举动乖谬，声名狼藉”“用特渎恳我总理独伸刚断，另选贤能，切实整顿，以救危局”。张謇的劝告最终使徐恩元在银行内权威难立，任职一年便黯然离职。张謇与段祺瑞的关系因为中国银行问题开始紧张。

1918 年，张謇与段祺瑞又围绕《中日共同防敌军事协定》（即中日密约）开始了新的冲突。密约内容当时外泄，引起社会各界惊惶，张謇在致冯国璋、段祺瑞电文中一再强烈要求公布密约内容，以正视听。段祺瑞亦一再劝导张謇应协助政府做好解释，就是不肯公布密约内容。张謇尖锐指出：“中央如果不曾卖国，则请早日宣布，否则必有不能告人之隐。”至 1919 年上半年，公布密约问题尚未解决，中、日政府又“订立济顺、高徐两路借款之约”，将两条铁路主权出卖给日本，张謇愤怒谴责：“全国愤恨，愈演愈激，此为三年以来亲日政策之结晶。亲日政策者，大总统（指徐世昌）建议，而芝泉（指段祺瑞）赞成之。”“两公若不于此根本觉悟……虽或补苴罅漏，止沸一时，而乱源未塞，迟早必发。”张謇与段祺瑞关系由此达到尖锐对立的程度。1920 年，直皖战争爆发，张謇在致各报馆的电文中批评这次战争“天理所不容，人心所不顺”“直不知此等战衅，何由而起”。张謇要求将电文送达有关官员，其中就包括段祺瑞。张謇还警告段祺瑞：北洋派系逞强，不能持久，湘消淮长，即为前车，“夫湘则既如此矣！盈速者亏亦速，盈甚者亏亦甚”。嗣后，张謇对段祺瑞仍时有指责，尽管没到事事对立的程度，但张謇与段祺瑞的关系长时间内处于紧张状态。两人对对方的人品却一直相互敬重。偶尔，张謇还会夸奖一下段祺瑞的举动。1917年，张勋拥戴溥仪复辟帝制，段祺瑞则组织“讨逆军”进京驱逐张勋，张謇评价：“段殊可人意。”

1926年，张謇去世，段祺瑞致电张孝若：“惊耗传来，深为悼惜。尊大人福寿全归，固无遗憾。而子欲养，亲不待，古今同情。”

张　謇 与 唐绍仪

唐绍仪（1862—1938），清驻朝鲜总领事、天津海关道、外务部右侍郎、邮传部左侍郎、奉天巡抚，民国内阁总理等。别名少川。广东香山人。

光绪八年（1882 年），张謇随吴长庆进入朝鲜平定“壬午兵变”，当时唐绍仪恰以德国人穆麟德随员的身份往朝鲜襄助海关事务，张謇与唐绍仪在朝鲜开始了交往。但是，两人间最重要的交往，发生在辛亥年南北议和期间。南北议和地点设在哪里？南北双方各有盘算。袁世凯计划以汉口为议和地点，想借助北洋军队在武汉战场上的优势为议和壮声威。但上海已经光复，南方提出应在上海进行议和，想为革命党人创造议和的有利环境。唐绍仪作为袁世凯任命的北方代表，内心同情南方，愿在上海参加议和，但受制于袁世凯，不能自行决定。张謇即致电袁世凯转告唐绍仪：“伍（廷芳）君为黎（元洪）代表各省公认，但伍不能赴鄂讨论大局，亦以公来沪为宜。盼切。”从而迫使袁世凯放弃自己的方案，为唐绍仪前往上海扫除了障碍。宣统三年十月二十七日（1911 年 12 月 17 日），唐绍仪抵达上海当晚，即到“惜阴堂”与立宪派和革命党人会谈。张謇亦很快到达上海与唐绍仪会面。“惜阴堂”成为张謇、唐绍仪以及其他立宪党和革命党人密谈的地点，唐绍仪甚至将“惜阴堂”作为自己的办事处。故南北代表尽管在公开议和场合“扳起面孔，十足官话，及到赵（凤昌）处，即共同研究如何对付北方以达到目的”。南北议和取得令南方较为满意的结果。

民国初期，张謇受邀担任南京临时政府实业部总长，不久因汉冶萍公司问题辞去总长职务。后来，唐绍仪担任袁世凯政府第一任内阁总理，稍后亦辞去总理职务。从立场而言，张謇此时倾向袁世凯，但坚持共和，唐绍仪与之观点相近，这构成了两人交往的政治基础。

1912 年 1 月，张謇上任伊始受命为临时政府筹款，两次在上海找唐绍仪磋商筹款办法。2 月，孙中山、黄兴同意汉冶萍公司与日本合资，换取日本的资金支持，张謇获悉后大为不满，立即偕赵凤昌拜访唐绍仪，相谈对策，估计唐绍仪劝导张謇不要辞职，但张謇还是以“事前不能参预，事后不能补救”辞去实业部总长一职。4 月，统一党在上海哈同花园举行欢迎孙中山的集会，张謇正忙于在苏州主持江苏省临时议会会议，唐绍仪则已在袁世凯政府第一届内阁总理任上，但他们还是共同前往参加了欢迎集会，借此见面晤谈。

唐绍仪于 1912 年 6 月辞职，担任内阁总理时间才三个月。1913 年 10 月，张謇进入熊希龄内阁担任农商部总长兼全国水利局总裁，但两年后张謇亦相继辞去两项职务，与袁世凯分道扬镳。张謇与唐绍仪各自通过自己的实践反对专制，坚持了共和理念，并在后来的岁月里继续在各方面进行着合作。1916 年，张謇与唐绍仪等在《大公报》上发表《推荐商务印书馆共和国民国教科书》文章。1917 年，张謇与唐绍仪共同在《中华职业教育社宣言书》载《募金通启》，为教育社向社会募集资金。张謇与唐绍仪都对中国科学社予以关注，1918 年科学社于美国罗得岛州布朗大学召开的第二次年会，张謇与唐绍仪被分别推选为名誉社员与特别社员。同年，张謇抵上海拜访唐绍仪，与之“接洽和议”。1920 年，淮海实业银行在上海举行分行开业仪式，张謇亦不忘邀请唐绍仪参加。

1926 年，张謇去世，唐绍仪拟挽联吊唁：“颂德忆旧游，同访碑高句丽，思补海东金石苑；伤时痛逝者，起哀曲梅欧阁，群持蒿里薤露歌。”

张 謇 与 熊希龄

光绪三十年（1904 年），张謇与熊希龄为筹建南洋渔业公司开始联系。随后几年，无论是张謇为熊希龄出洋考察宪政送行，或是邀请熊希龄等筹商速开国会，还是双方共同参加欢迎美国实业家罗伯特·大赉的宴会，内容大都与实业、宪政有关，地点多在上海。宣统三年（1911 年），张謇在天津致函时任东三省农工商局总办的熊希龄，“劝用海河机疏松花江、辽河”，两人又有了新的交流。武昌起义爆发后，张謇与熊希龄均实现了从立宪到共和的转变，持有相同的立场观点。例如，双方联合劝告蒙古各界人士赞成共和，“务各同心协力，一致进行，蒙汉同胞，并受其福”。民国建立后，张謇又偕熊希龄等致电赵尔巽，反对借助外力搞东北“独立”以分裂中国。

民国的建立为两人交往合作提供了更为广阔的舞台。张謇与熊希龄同被推为中华民国联合会参议员、统一党理事、争取国际联盟同志会理事。另外，在国民外交协会，张謇为理事长，熊希龄为理事；在中国矿学会，张謇为名誉会长，熊希龄为名誉会员；在中华教育改进社，张謇为名誉董事，熊希龄为董事。张謇与熊希龄的密切合作，源于两人政治理念以及实业、教育抱负的大致相同。两人一度都认为惟有袁世凯有能力统一中国，稳定局势，同时也都与孙中山保持着友善关系。他们共同前往哈同花园参加统一党欢迎孙中山的集会，还联合孙中山为中国公学办学向袁世凯陈请资金。1913 年 8 月，在张謇的“竭力推荐”下，袁世凯委任熊希龄为内阁总理。据张孝若回忆，熊希龄上任后“就和袁氏叠电我父担任工商农林部长……几次三番的硬要我父担任，情词迫切，毫无商量退却的余地”。在袁世凯、熊希龄一再劝驾下，张謇于 10 月赴京出任农商部总长兼全国水利局总裁，成为了所谓“名流内阁”的重要成员。1914 年 2 月，熊希龄在袁世凯下属的逼迫下难堪辞职，担任总理只有半年，张謇与熊希龄在内阁内的交往合作还不满四个月。在袁世凯的竭力挽留下，张謇虽然表示不会随同熊希龄离开北京，但是熊希龄出局后，张謇不愿长留北京，一次次寻找理由“出差”南方。在袁世凯执意称帝时，张謇向袁世凯递交辞呈，很快步了熊希龄的后尘。

其后，张謇与熊希龄的交往合作不断延续。1916 年，张謇与熊希龄等共同于《申报》载《（创设松坡图书馆）缘起》，呼吁社会各界支持创办松坡（即蔡锷）图书馆。1917 年，熊希龄督办天津、保定水灾河工善后事宜，向各省发出请赈通电，张謇热烈响应，筹垫款项达十万元之巨。熊希龄将张謇的善举呈报冯国璋，冯国璋为此向张謇颁发了“善与人同”的匾额。1918 年，张謇偕熊希龄致电北京政府，呼吁停战，各方派代表协商议和。1919 年，熊希龄应张謇之邀到南通筹商，张謇设宴欢迎。同年，张謇与熊希龄等又联合致函赴欧考察并参加巴黎和会的梁启超，吁请梁启超在会上为捍卫中国主权发声。

1926 年，张謇去世，熊希龄拟唁电：“老成凋谢，邦丧硕人，追念生平，泫然增恸。”

张　謇 与 顾维钧

顾维钧（1888—1985），清上海英华书院、圣约翰书院学生，美国哥伦比亚大学学生。民国政府驻墨西哥、美国、古巴、英国公使，外交部、财政部总长、代理国务总理等。字少川。江苏嘉定人。

1919 年，第一次世界大战战胜国于巴黎召开和平会议，因为和会涉及战后德国在山东归还主权权益等问题，张謇密切关注和会的进展，尤其是关注参会的中国代表顾维钧等人的态度。和会期间，张謇致电徐世昌，请“迅电巴黎专使，严令决勿签字”。“巴黎专使”即指顾维钧。顾维钧在会上以出色的辩才阐述中国对山东拥有主权，最后拒绝在《凡尔赛和约》上签字，赢得了张謇的敬重。

张謇与顾维钧的交往始于 1920 年，顾维钧在驻英公使任上。南通纺织专门学校学生蒋迦安往英国实习，张謇为此向顾维钧求助：“（蒋）顷至英厂实习，冀有所得，以证所学。幸赐指教一切，亦裁成后学之盛也。”同时，张謇亦对顾维钧所任职务对促进中国实业的重要性寄予了殷切期望：“比闻调节英伦，贤劳可念。欧战停后，恢复元气，必资实业。此中消息关系至大，知荩筹深算，早及之矣。”1921 年，太平洋会议在美国华盛顿召开，废除“二十一条”以及收回胶济铁路自办成为中心议题之一。顾维钧在会上就修筑胶济铁路发表演说：“在中国既不需要借款，也不需要用钱的时候，日本似乎急于让中国充当日本的债务人，”“任何国家坚持让别国接受不需要的贷款都是不合理的。”张謇则致电顾维钧：“前虽失败于巴黎，犹图挽救于今日。今更失败，挽救无时。”上海盛传“中国政府代表，至今未将鲁案及二十一条提出，风声所播，众怀疑愤。”“昨已忠告政府，请电美即提矣……诸公宁非忠于国者？謇为诸公计，政府有电固当提；即无电，亦当设法在大会声明。”张謇给予了顾维钧很大支持。张謇与顾维钧在舆论上相互支持，是因为两人有着维护国家主权与民族利益的共同主张。此后，张謇与顾维钧又在发展近代职业教育方面时有合作，分别在中华职业教育社的年会上，被推为议事员，在太平洋纪念华工职业学校的筹备会议上，被推为董事。

1922 年，张謇与顾维钧同时入选《密勒氏评论报》评选的“中国现时生存之最伟大人物十二人”名单。

张　謇　与　吴佩孚

北洋集团自袁世凯病卒后群龙无首。在诸多地方性军阀中，吴佩孚在政治态度、民族气节、军队纪律、个人操守等方面皆高人一头。

1921年，北洋政府与广东军政府在湖南、湖北剧战。张謇致电徐世昌、孙中山、吴佩孚等人，呼吁南北息争，“旬日以来，湘、鄂恶声继续有闻”“今外患亟矣”“（息争）庶几外可泯列邦乘机侮我之野心，内尚留国民一线未绝之元气”。同时，张謇策动支持各省会、教育会、农商会在庐山“自动”召开“国是会议”；又称吴佩孚为“豪俊”，呼吁吴佩孚参加，与民间团体携手开成一次和平会议。“一可见尊重真正之民意，一可明二三豪俊之本心，岂不磊磊落落大丈夫哉。”吴佩孚对张謇亦很尊重，专门派代表去南通祝贺张謇的七十岁寿辰。

1922年，北洋各系实力人物矛盾激化，直奉战争爆发，张謇随即通电全国，呼吁交战双方吴佩孚、张作霖尽快停战、退兵、议和。下半年，张謇派儿子张孝若往河南洛阳拜访吴佩孚，表达对其派代表到南通贺自己七十寿的感谢。1923年，吴佩孚的势力达到顶点，张謇、吴佩孚双双被列入《密勒氏评论报》评选的“中国现时生存之最伟大人物十二人”名单。这年，恰逢吴佩孚五十岁生日，张謇拟联祝贺：“万里威名，似雷及远；百年上寿，如日方中。”同年，张謇帮助建造的洛阳天津桥为洪水冲毁，张謇又向吴佩孚表示，愿意派技术人员前往洛阳修复这座桥梁。但世事难料，1924年第二次直奉战争发生，直败奉胜，吴佩孚避居河南信阳鸡公山，张謇拟《赠吴将军入鸡公山序》给予抚慰，称吴佩孚战败后“尽散其卫卒，而与一、二文士者处，翛然如山泽间人。此则謇所愿望于并世有一之能为是，而不意将军之果能是也”。1925年，孙传芳向盘踞江苏、安徽的奉系势力发动进攻，吴佩孚配合孙传芳派兵攻入河南，卷土重来。张謇又致电吴佩孚：“中国之乱，在乎军人割据。换言之，即争夺地盘而已。”劝告“公不可为拥戴曹氏而出”“公不可为拥护旧国会及一般政客议员而出”“公不可为部下将领谋占地盘而出”“公不可为报复私仇与泄忿而出”。在张謇内心，吴佩孚应该是一个可以听他一点意见的“开明军阀”。

张謇为中国银行、交通银行挤兑风潮，上海招商局被下令查办，以及山东发生临城劫案，曾数次请求吴佩孚从中斡旋，都得到吴佩孚的支持与呼应。

1926年，张謇去世，吴佩孚致电张孝若哀悼：“惊闻尊公之逝，元老云亡，邦国同悼。”

张 謇 与 张作霖

1920年，直皖战争爆发，张作霖联直倒皖，段祺瑞迅遭失败。战后的交战区域满目疮痍，大量皖系的“缴械之兵”到处流窜。张謇为此致电张作霖，除对“同室之争，变为齿舌轧触”表示痛心外，还提醒张作霖，这些散兵游勇“若不为之所，一旦四散，无策资生，势必流为匪盗延祸人民”。那么，如何安置呢？张謇建议：“北方之兵宜安于北。安之事无近于工；工之宜，无重于松、辽。松、辽通，而三省之交通利，旷土治，商业兴。”这一化害为利，一举两得的解决方案，受到张作霖的欢迎。

此时，张作霖的奉系与直系、皖系在国内政治舞台上已三足鼎立。1922年，直奉战争爆发，张作霖落败。张謇随即致电交战双方，呼吁尽快停战、退兵、议和。下半年，张謇派儿子张孝若往河南洛阳拜访战胜方吴佩孚，表达对其派代表到南通贺自己七十寿的感谢；接着，又派张孝若去奉天沈阳拜访战败方张作霖，同样对他上半年派代表到南通祝贺自己七十岁寿辰表示感谢。1924年，张作霖五十岁寿辰，张謇拟联祝贺：“程李苦乐，皆为名将；塞垣安静，胜筑长城。”如同上年赋诗为吴佩孚祝寿一样。张謇不以胜负区别对待，对奉、直大佬尽量保持平衡。这既反映了张謇人际交往的娴熟技巧，更可见张謇对当时军阀混战，山河破碎的无奈，以及在夹缝中办实业、教育的苍凉。1925年，张作霖派陶伟铎到南通参观，“辱荷瑶笺，并承珍物”。陶伟铎离通时，张謇同样“附函致问”，并回赠礼品，“礼品皆此间工厂及女工传习所之出品”。大生企业自1922年后逐渐陷入资金周转的困境，张謇曾派遣南满洲铁道株式会社驹井德三等人前往日本拜会企业家涩泽荣一，谋求借款，因日本发生关东大地震，借款一事告罢。张謇又与驹井德三商量“利用张作霖的资金”的方案，嘱其携带“致张作霖的信北上”。驹井德三“当月在奉天先后会见了张作霖的参谋长杨宇霆和张作霖本人”“达成了协议”。但是，这一计划后仍因多种原因搁浅。

张謇晚年将张孝若推到前台历练。由于张謇与张作霖关系良好，张孝若亦与张作霖的儿子张学良结缘。1923年，中华全国道路建设协会在上海举行会议，张謇、张孝若、张学良同时被推为协会董事。中华全国道路建设协会是张謇参与创办并在其中担任重要职务的社会团体，张学良担任董事是经张謇的提议而促成。民国时期，张孝若、张学良、卢小嘉、段宏业被誉为“民国四公子”。1931年，有人还对上述“四公子”进行了比较，认为卢小嘉、段宏业“皆没没无闻”，“独汉卿将军，为陆海空军副总司令”，而“孝若优于文事”，两人“才干固远在卢、段之上”。

1926年，张謇去世，张作霖写挽词哀悼：“救国展长才，儒服不妨兼货殖；传家留义训，史书定可附河渠。”张学良亦致唁电给张孝若：“顷接啬公仙逝电耗，莫名悲悼。”“啬老一生望隆薄海，福备箕畴，今虽归真天上，毫无遗憾人间。尚望顺变节哀，为国自重。”

张　謇　与　孙传芳

袁世凯病卒后，北洋失掉了一个能维系集团统一的领袖，各派实力人物谁也不服谁，为争夺地盘与权力开始了连年混战。而发展实业、教育需要一个相对稳定的社会环境，张謇为此周旋于各派实力人物间，企求保持通海地区的局部安宁。即便如此，因为孙传芳“出道”较晚，张謇直到 1921 年 9 月，在为推进庐山国是会议致湖北省省长、督军的电文中，才将时任暂编第二师师长与新嘉蒲通警备司令的孙传芳列入呼吁对话名单，这是张謇与孙传芳的首次交往。

1925 年 10 月，孙传芳向盘踞江苏、安徽的奉系势力发动进攻，浙奉战争爆发。至 11 月，孙传芳占据苏、浙、闽、赣、皖五省，自任五省联军总司令，在国内政治舞台上炙手可热。对于张謇而言，孙传芳此时成为了江苏的“父母官”与实力人物，直接决定着大生企业与南通地方自治的命运，必须立即加强联络。而对孙传芳而言，自己初入江苏，为了巩固统治地位，厚待地方耆绅也是一种必要策略。12 月，孙传芳应张謇邀请到南通视察拜访，张謇以高规格接待。在南通各界举行的欢迎公宴上，张謇为孙传芳准备的“第一道为华盛顿汤，似以华盛顿功业为二公（另为徐树铮）勖勉”。与场面上热情洋溢的气氛完全相反的是，张謇的内心非常悲凉：“幸哉一隅地，假息得苟全，太平在何时？今年待明年。呜呼覆

1925 年底张謇（左一）、张詧（右一）与孙传芳（右二）、徐树铮（左二）等人在南通合影

巢之下无完卵，野老洒泪江风前。”

1926 年张謇病危时，孙传芳专门“询问啬老病况，意颇拳拳”。张謇去世后，孙传芳致电张孝若哀悼：“耆年硕德，淮海所宗，山斗遼颓，震悼曷已。尚望勉襄大事，以礼节哀为祷。”

张 謇 与 张 勋

张謇、张勋的关系比较特殊，张謇从没有与张勋见过面，但对张勋非常痛恨，张勋也一直感受到来自张謇的强大压力。1912年到1917年期间，张謇两次对张勋口诛笔伐。

第一次发生在1913年“二次革命”期间，江苏在黄兴领导下宣布独立，通电讨伐袁世凯，袁世凯则凭借政治、军事上的优势力量对其进行围剿。9月1日，袁世凯下属张勋抢先攻占南京，大开杀戒，奸淫掠夺。袁世凯论功行赏，任命张勋为江苏都督。张謇随即听到一连串“（张勋军队）大肆虐于江宁”的消息，对张勋纵容军队在南京烧杀奸掳非常气愤，并且对这支军队自上而下“人人辫发”，挑衅共和的做法甚不以为然。张謇给袁世凯和内阁总理熊希龄、江苏省长韩国钧连发六电，要求撤换张勋。对袁世凯，张謇称“有三要三思”，望总统明辨利害，张勋留任苏督，“期期皆断以为不可，而亦不忍。故再四渎陈，愿赐终听”。对熊希龄，张謇称张勋暴行“非电所能罄”“甚不愿政府以江苏数千万民，以易一暂时利用之张勋”。对韩国钧，张謇希望来通议商“坚持分治，尽力事抗”的对策。袁世凯与熊希龄当时一再邀请张謇赴京任职，张謇则表示：“苏人之见，对于中央非宁张（指张勋）先去，通张（指张謇）不来，必须留为保卫乡里。此江苏人民真正舆论，中央若再循感情，坚持到底，则后患无穷，亦不必北行矣。”直到袁世凯允诺调走张勋后，张謇才进京赴任。

第二次发生在 1917 年黎元洪、段祺瑞因“参战”问题矛盾激化期间。黎元洪罢免段祺瑞内阁总理职务，段祺瑞鼓动十三省督军进京逼迫黎元洪下台。黎元洪一边邀张謇入阁遭婉拒，一边又邀请张勋居中调解，张勋则乘机率辫子军从徐州北上，入京后突然发动拥戴溥仪复辟的政变。张謇不顾张勋身旁还有着康有为、沈曾植等一班挚友追随，立即表明自己反对复辟的立场，指出“辫孽之除，当在旦夕”，预言张勋必然会很快失败。结果正如张謇所料。事过一年，张謇谈及张勋时还在痛斥：“论此数人所作之孽，可谓毒逋四海。若竟逍遥法外，则将来何人不可作极大之恶。”

张 謇 与 徐树铮

徐树铮（1880—1925），民国国务院秘书长、陆军部次长、西北筹边使等。字又铮，号铁珊。江苏萧县（今属安徽）人。

1916 年 12 月，张謇、梁启超等为悼念蔡锷，在《申报》上刊载《（创设松坡图书馆）缘起》，徐树铮同为发起人。

1925 年 7 月，张謇七十二岁寿辰，直、皖、奉各派实力人物纷纷派代表贺寿，徐树铮亦派遣代表到南通。同年 12 月，徐树铮又与孙传芳应张謇邀请到南通。徐树铮、孙传芳原本分属皖、直不同派系，两人联袂抵通，缘于该年 9 月，第二次直奉战争爆发，直败奉胜。作为直系大将的孙传芳奔走于皖系段祺瑞门下，取得谅解后，随即向盘踞江苏、安徽的奉系势力发动进攻，这才有了徐树铮、孙传芳短时间携手到南通之行。张謇对徐树铮的到来表示热烈欢迎："将军与国士同来，已占星聚；世事与闲情所蕴，愿识风仪。敬电迎轩，扫花治径。"徐树铮抵达南通后，张謇对徐树铮、孙传芳一视同仁，但对徐树铮在感情交融上更加深入。媒体报道徐树铮在南通的行踪时，记录下张謇忙里偷闲邀徐树铮去"品曲"，以及徐树铮在席间"引吭高唱"等内容。例如：17 日晚，张謇陪同孙传芳、徐树铮"至更俗剧场观剧"，观剧后另单独邀徐树铮往中隐园"品曲"。18 日下午，张謇邀孙传芳、徐树铮"至濠阳"晤谈，徐树铮席间"引吭高歌……晚间复赴中隐园”。张謇则赋《酬又铮》，“书扇酬之”，对徐的才艺十分欣赏：“将军高唱大江东，气与梅郎角两雄。识得刚柔离合用，平章休问老村翁。”“又铮唱单刀会，气满声雄，苍凉悲壮，老曲家未易有也。”

徐树铮离开南通不久，在河北廊坊遇刺身亡。张謇早就对徐树铮在1919年单枪匹马前往外蒙首府库伦，迫使蒙古王公请求撤治，从而将外蒙全境重新收复，置于中国政府直接管辖下感佩不已。突闻徐树铮身亡，张謇甚为痛惜，拟挽联吊唁：“语谶无端，听大江东去歌残，忽焉感流不尽英雄血；边才正亟，叹蒲海西头事大，从何处更得此龙虎人。”又因“又铮工词”，张謇填《满江红》三首“以吊之”。

问客彭城，道芒砀风云犹昨。数人物萧曹去后，徐郎才霸。家世不屠樊哙狗，声名曾隽燕昭马。战城南小怯亦何妨，能为下。将玉帛，观棋暇。听金鼓，横刀咤。趁续完骞传，更编遵雅（又铮集名）。反命终申知遇感，履凶不论恩仇价。好男儿为鬼亦英雄，谁堪假。

风惨云愁，莽中夏今是何世。远归客九关轻犯，身危命致。符节谁司南北卫，橐丸任杷东西市。问幽都紫陌亦甘人，谁之耻。暗寂寂，盖棺矣。法曹法，一杯水。笑诸侯壁上，畏身余几。毛发依然惊画手，头颅掷了空知己。剩江干野老酬东风，飘残泪。

燕颔虎头，负殊相飞而食肉。快当日蛟渊鼓枻，蜻洲游学。同辈功名都绛灌，兼资文武轻随陆。历诸艰曾自箦中亡，蒙张禄。嗟往事，为谁辱。今谁使，归辕北。痛伯仁致死，一时疑狱。偃月谋人原有府，凌烟无命空余阁。最凄酸侧帽别尊前，江东曲。

张 謇 与 卢永祥

卢永祥（1867—1933），清保定陆军速成学堂学生、北洋第二十镇协统、第六镇第十一协统领、第三镇第五协统领，民国陆军第十师师长、淞沪护军使兼江苏军务会办、浙江督军等。字子嘉。山东济阳人。

张謇与卢永祥的交往，始于1918年。该年，段祺瑞重新出任国务总理，决定对川、湘、粤用兵，实行“武力统一”。张謇通电“主息战”，卢永祥表示赞同并向张謇请教，张謇复函卢永祥：“今奉大电，译诵再四……既辱下问，辄敢尽言。”“下走以为，祸当原其始，害必拔其根。”根本在于“约法与选举法之当修”“旧议员之不尽良”，应“更易议员”。卢永祥时任淞沪护军使兼江苏军务会办，沪、通一江之隔，南通在卢永祥的管辖范围内，故张謇与卢永祥围绕南通往往有话可说。1919年，第一次世界大战结束，在南通的十几个德国技术人员面临遣返回国的境遇，张謇鉴于外聘人才难得，希望继续留用，遂就此商于卢永祥：“恩格尔太、替尔等德侨，去岁曾聘为敝处铁厂、畜牧场、医院、监狱制皂厂等事顾问。兹闻遣侨规则，有在我国任事者可仍旧留充之说，并闻尊处曾留一、二人照旧任事，具见维持人道之义。设可援例，不知手续上应如何方臻完备？”在卢永祥的帮助下，德国技术人员继续留在了南通，遣返问题得到圆满解决。卢永祥稍后调任浙江督军，改驻杭州，但张謇与卢永祥围绕南通的交往仍在继续。谢雪为浙江籍女教师，由张謇邀请担任南通县立女子师范学校校长一职。张謇对谢雪的任职情形颇为满意，同时对谢雪创办的浙江女子职业学校被浙江当局强行收回甚感不平。1921 年，张謇致函卢永祥，“自民国元年创设浙省女校，后改职业学校，先后十余年，所费达数万金，均由雪私人筹借”，现当局拟收归省立，宜先付前校债，以清手续，并“呈请褒奖，以劝来者”。1922 年，张謇再次致函卢永祥，“以其方为南通任女师范，走亦助以千圆。不意新屋甫合，复遭风雨”“南通女师范因促谢来，不来，知其困于该校事，窃亦悯之。特为转恳，乞赐查察而拯拔之”。张謇几次为谢雪申诉，终于在卢永祥的支持下获得圆满解决。

但卢永祥具有皖系背景，决定了他在涉及派系利益的重大问题上，不会接受张謇的建议。直皖战争、直奉战争是如此，1924 年的第二次直奉战争与江浙战争亦如此。该年，张謇致函卢永祥：“人民言江、浙和平屡矣。以执事与抚万（齐燮元）乡里之谊，又陆军后先之分，宁致有参差而至交恶？”虽“其原固不在江、浙”“然而此干彼盾，二公当其冲。皇惧震恐，江、浙人民受其祸矣”。张謇又一再致函齐燮元、卢永祥双方：“虽已绝和之望，尚冀减战之祸。”“愿缩短时间，缩小范围，毋滋蔓以增民仇怨。”“为两省人民危而复安计，更进一言。”“应于两省境上，各画出若干里为缓冲区，两军各不驻一兵。”“各推代表，于中立地开会协议。”但结果齐燮元、卢永祥还是开打，先是齐胜卢败，后又卢胜齐败。张謇面对军阀混战民不聊生的局面，满目苍凉，十分无奈。他写下：“幸哉一隅地，假息得苟全。太平在何时？今年待明年。呜呼！覆巢之下无完卵，野老洒泪江风前。”

张　謇 与 齐燮元

齐燮元（1879—1946），清秀才、保定陆军速成学堂学生，民国江苏督军参谋长兼江宁镇守使、苏皖赣副巡阅使、江苏督军等。字抚万，号耀珊。直隶宁河人。

1920年，江苏督军李纯暴亡。齐燮元为谋继任求助于张謇，张謇则为防止湖北王占元染指江苏而支持齐燮元上位。张謇致电徐世昌、靳云鹏："李遗书保齐帮办代理。齐本自统一师，在宁帮办军务有年，目前废督之议未决，为事为地为人，代李者以齐为宜，更调他人，或滋他虑。"齐燮元当上江苏督军后，张謇致电祝贺，并希望齐燮元上任"宜先自声明，军民分治，划清权限；次则汰新募之兵，减人民之担负；又次则渐去枭桀之兵，订岁减之数，以节财用"。

此后，张謇在疏通江苏新运河、建立南京勘航站、反对梁士诒借日款赎回胶济路、反对查办上海招商局、创办江苏储蓄会等方面与齐燮元频频发生联系，协调行动。另外，1921年，南通遭遇特大水灾，救灾资金出现困难，张謇致函齐燮元："（南通）无间原隰，一望汪洋。死者既飘没无稽，生者复饥莩失所。""（望）迅赐委员即日莅勘，筹给工赈款项，多多益善。"1922年，大达内河轮船公司轮船在江都段航运途中遭劫，张謇致电齐燮元："被盗伙劫寄封一千零三十元……不独公司大受损害，尤足使商旅寒心。""乞饬下淮扬镇守使及该管军警，勒限沿线严缉，务获到案。”1923年，江阴福利公司呈报的减缓交价案成立，南通方面利益受到严重侵犯，张謇致函齐燮元：“惟有恳请即饬财厅于福利公司后批应缴十五万内，先设法以二、三万早晚即拨。设不足数，即分两期拨，亦可用以指借。”张謇上述请求，齐燮元多有呼应与支持。反之亦然，1921年到1923年间，齐燮元计划捐建东南大学图书馆，张謇支持齐燮元的善行，积极参与“筹募捐款，从事建筑”。图书馆以齐燮元的父亲齐孟芳命名，张謇又为图书馆题写“孟芳图书馆”馆名。齐燮元生日，张謇偕张詧、张孝若联合致函齐燮元：“敬请大安，并颂长寿。”齐燮元的父亲去世，张謇致电吊唁，并“敬遣儿子（孝若）代表前来叩祭”。

1924年，齐燮元与浙江督军卢永祥为争夺上海，兵刃相见，史称江浙战争或齐卢战争。因为齐燮元、卢永祥分别具有直、皖背景，故这次战争也是直、皖两系争夺江浙地区的一次战争。战前，张謇再三通电齐燮元、卢永祥劝和，如劝和不成，“愿缩短时间，缩小范围，毋滋蔓以增民仇怨”。结果战争规模很大，战火烧到与南通一江之隔的苏南，张謇手忙脚乱召开通如崇海四县联防公所会议、南通县筹防会议，防止战火蔓延到南通。江浙战争先以齐胜卢败而结束，张謇还来不及高兴，冯玉祥发动北京政变，曹锟被囚，吴佩孚败逃。齐燮元不承认冯玉祥发布的命令，被与冯玉祥联盟的皖系首领段祺瑞免职。接着，与皖系联盟的奉系张宗昌从山东进攻齐燮元，段祺瑞又乘机派卢永祥卷土重来，恢复皖系地盘。齐燮元最终战败。

1926年，张謇去世，齐燮元拟挽联吊唁：“六载白门居，缟纻犹悭吴札面；千秋青史在，龙蛇竟厄郑公年。”

张　謇 与 章宗祥

章宗祥（1879—1962），清工商部候补主事、民政部财例局提调、宪政编查馆编制局副局长，民国总统府秘书、法制局局长、大理院院长、司法部总长、驻日公使等。字仲和。浙江吴兴人。

张謇于1913年10月进入熊希龄内阁，1914年2月，熊希龄却在袁世凯下属逼迫下辞职，连带汪大燮、梁启超相继出局。章宗祥继梁启超后担任司法部总长，张謇遂与之成为同僚，两人的交往随后开始，仅一个月内，两人共同参加的会议和活动就有三次，包括一次国务院会议，一次约法会议开幕式，一次赵秉钧的追悼仪式。另外，双方主管的部门亦时常需要合作。张謇制定的《商事公断处办事细则》（以下简称《细则》），内容主要事关农商，亦与司法部有关，故张謇制定《细则》时与章宗祥多有商量。同年9月，《细则》敲定后由农商部与司法部联合向社会发布。张謇与章宗祥这阶段相处总体良好。张謇在同年4月以南下勘测淮河水文情况为由向袁世凯请假时，特别向袁世凯提出离京后农商部总长由章宗祥代理的建议。1915年8月，张謇因袁世凯复辟帝制辞职南归，张謇与章宗祥的交往也就此中断。

1916年后，张謇在南通着力经营“地方自治”，实业、教育、慈善三位一体，发展迅速，成就显著，至1919年，南通“模范县”的声誉已天下共知，前往南通参观的社会各界人士络绎不绝。而章宗祥这三年则就任驻日公使，为段祺瑞武力统一商借日债费心奔走。章宗祥伙同曹汝霖、陆宗舆与日本政府秘密谈判，大肆出卖国家领土与主权，曾在一天内向日本签押三笔共计 6000 万日元借款，把中国铁路、矿产及其他权益出卖给日本，并“欣然同意”日本继续占领济南、青岛和控制山东的要求。1919 年 4 月，章宗祥回国述职，到京不久发生了“火烧赵家楼”事件，章宗祥遭学生痛打，曹汝霖、章宗祥、陆宗舆被骂为“国贼”并被免职。“火烧赵家楼”引发了震惊中外的“五四”运动。张謇在“五四”运动中致电徐世昌、段祺瑞，对徐世昌、段祺瑞、曹汝霖、章宗祥、陆宗舆一并加以痛斥：“全国愤恨，愈演愈激，此为三年以来亲日政策之结晶。亲日政策者，大总统建议，而芝泉赞成之，曹、章、陆奉行之。”“最可痛者，于德军垂败之时，寺内（正毅）内阁已倒之际，更在东京订立济顺、高徐两路借款之约。”

张　謇 与 庄蕴宽

庄蕴宽（1866—1932），清广西平南知县、广东武备学堂总办、广西龙州边防督办，民国江苏都督、浦口商埠督办、都肃政史、审计院院长等。字思缄，号抱闳。江苏常州人。

宣统二年（1910 年），庄蕴宽加入张謇等创办的预备立宪公会。武昌起义爆发后，庄蕴宽又随张謇从立宪走向共和。10 月，张謇派庄蕴宽往湖北面见黎元洪、黄兴，为江浙方面“政府设鄂，议会设沪”方案疏通。张謇建议各省速派代表来上海筹商，“以立国基而定大局”。庄蕴宽的赴鄂之行，是张謇筹划解决“沪鄂之争”采取的一次重要行动。1912 年 1 月，张謇、庄蕴宽同被推为中华民国联合会特务干事。3 月，张謇与庄蕴宽都参与了联合会等合并为统一党的过程，两人分任理事、参事。5 月，他们又共同参与了统一党等合并为共和党的过程。这段时间内，程德全因病不能视事，由庄蕴宽代理江苏都督。庄蕴宽面临的形势十分棘手，“环顾全省，金融阻滞，生计凋残，失业之人，骈踵待命。加以军政、财政错杂纠纷，稍一举步，天荆地棘，此诚艰难困危之秋也”。张謇作为江苏省临时议会议长，一方面全力为庄蕴宽分忧，一方面致电袁世凯、黎元洪、孙中山等，望“即行销去（代理），改为实任”，以巩固庄蕴宽的权力地位。

1913 年 2 月，张謇途经南京，恰逢庄蕴宽改任南京浦口商埠督办，庄蕴宽设宴热情款待。同年10月，张謇进京担任农商部总长兼全国水利局总裁，翌年5月，庄蕴宽亦调往北京担任都肃政史一职，两人在京城来往密切。1915年下半年，庄蕴宽又随张謇反对袁世凯复辟帝制。张謇针对袁世凯称帝，相继辞去两项职务，拂袖南归，而庄蕴宽则先向袁世凯提出纠弹，要求取消筹安会，见事不可为，便化装逃离北京。1916年6月，袁世凯病卒。12月，张謇与梁启超等为悼念蔡锷去世，于《申报》刊载《（创设松坡图书馆）缘起》，庄蕴宽同在发起人行列。嗣后，国内每有重大事件或遭遇重要时刻，庄蕴宽都与张謇站在一起。1918年10月，张謇偕熊希龄发起成立和平期成会，庄蕴宽亦在发起人之列。1919年2月，张謇于国民外交协会成立会上被推为理事长，庄蕴宽为理事。同月，张謇又邀庄蕴宽到南通晤谈，“接洽要政”，张謇设宴招待了庄蕴宽，并陪同参观军山气象台。1920年9月和10月，张謇致电庄蕴宽等，就江苏省长、督军提出建议人选，请庄蕴宽“转陈当轴采行”。

张謇与庄蕴宽在诗画方面有着共同爱好。1913年2月，庄蕴宽在南京向张謇展示个人画作《濠上观鱼图》，张謇题诗回赠。1914年7月，两人同在北京时，张謇又为庄蕴宽《扶桑濯足图》题诗。庄蕴宽究心佛法，佛号“挽近居士”，张謇与其数次探讨佛教语境中的人生：“謇有一言，愿问佛子：佛消极人乎？积极人乎？谓之为积，曷言色即是空？谓之为消，曷言空即是色？且消则自度而已，曷为度人？自利而已，曷为利他？昔人以佛归墨在此。若公云者，仍儒者之道耳。柔和濡滞，又与公不类。”

1926年，张謇去世，庄蕴宽除唁电外，还偕汪大燮等拟祭文吊唁：“神岳颓峰，大星陨地。巨壑舟迁，尺波电逝。遗范空存，德辉永閟。相向失声，奚能制泪。”

张 謇 与 韩国钧

韩国钧（1857—1942），清奉天交涉使，民国江苏民政长、安徽巡按使、江苏省长等。字紫石、止石，晚号止叟。江苏海安人。

宣统二年（1910 年），苏北连云港、赣榆一带遭受大水，时任奉天交涉使的韩国钧募集了 1651 两白银，寄给张謇转交苏北灾民，张謇复函："专肃敬谢，祗请公安。"宣统三年（1911 年），韩国钧向张謇请教开发东北一事，并寄上"东三省地图一幅"，张謇"反复览阅"后，称"东三省为中朝陵寝之地，京师根据之区"，自应开发。欲开发先"须组织地方银行，须组织移植之总机关"。经过两次交往，张謇开始注目这位身居关外，心系家乡父老疾苦，胸怀兴垦实边大志的贤能官员。

民国建立，韩国钧调回江苏任职。张謇每次途经南京，往往与韩国钧会面，"磋商要政"。某次因事属急办，行程又紧迫，两人竟相约在张謇所乘的"均和"轮上见面。张謇与韩国钧交往频繁，涉及内容广泛，包括为推动江苏裁军，抵制王士珍来苏担任巡阅使，联电总统与国务院；为统一"废督主张"，联电旅京江苏同乡会成员庄蕴宽、张一麐；为组织苏北长途汽车公司，联合在报刊上刊登广告；为推动全国道路建设，双双担任中华全国道路建设协会董事。1913 年"二次革命”爆发，张勋奉袁世凯令抢先攻占南京，麾下“辫子军”大开杀戒，袁世凯则论功行赏，任张勋为江苏都督，引起张謇与韩国钧的强烈反对。张謇首先致电袁世凯，要求撤换张勋，同时支持时任江苏民政长的韩国钧致电袁世凯，要求中央“示民政、财政界限”，以限制张勋权力，还为韩国钧拟定在省府与张勋相处中“坚持分治，尽力与抗”方针，决不退让，又偕韩国钧等于《通海新报》连载《通海如泰东盐代募宁赈启》，向社会各界募捐，以救助南京难民。

张謇与韩国钧在交往中相互配合和支持。1922年，韩国钧再次担任江苏省长，张謇致电祝贺：“谨悉公调苏长……特电奉贺。”韩国钧表示：“鲁尚不胜，苏何能任？”张謇则欢迎韩国钧返回江苏政坛，实行“苏人治苏”。1923年，江苏省议会在部分议员鼓噪下，“削减教育经费致起争潮，迄未解决，复有运动更易（韩国钧）省长之事”，张謇立即劝导南通籍议员在会上奋起抗争，不能随波逐流，又召集南通各界人士议商必要时“撤回（南通县）省议员事”，以示抗议。张謇甚至致电黎元洪与国务院：“韩省长莅任以来，尤能砥砺廉隅，孜孜求治……诚虑不根之言，淆惑听闻，用特公电陈明，俾息浮议。”帮助韩国钧度过一场政治危机。

韩国钧重返江苏政坛后，交通部忽有查办上海招商局举动，张謇致电黎元洪、国务院：“上海为万国所具瞻，招商局为华航之硕果，必欲横施暴举，股东等亦何患无术求全。”“川路亡清，殷鉴不远，心所谓危，不敢不告。”又致电韩国钧等，希望各省向中央一致呼吁。张謇很快得到了韩国钧的响应，交通部被迫停止查办行动。同年，大生企业资金周转极为困难，张謇情急之下向韩国钧求助，韩国钧立即尽力搭救，张謇非常感动：“自非挚爱国家者，不能为此援助，不仅故交风义也。”

水利是张謇与韩国钧交往的又一重要内容。千里长淮流经苏北进入黄海，往往给当地民众带来深重灾难。张謇自清末关注导淮，并于宣统元年（1909年）获准设导淮测量总局，任总参议。1914年，张謇嘱人完成了与江苏水利有莫大关系的《江苏测绘舆图议》，即通报韩国钧“顷已印就，谨寄一分”，与韩国钧分享。1915年，韩国钧调任安徽巡按使后，张謇提醒韩国钧：“治水必先下游，邻国不可为壑。”得到韩国钧的呼应，苏、皖两省在水利上的紧张局面得到显著改善。1920年，张謇与韩国钧分任江苏运河工程局督办、会办，共同担负起治淮的任务。1921年秋，苏北“大风雨五日，江、淮、运并涨，运河堤工日夜告警”，张謇与韩国钧亲往灾区勘灾，并在高邮化解了由地方官员煽动的上万民众的围攻。为解决王家港工程经费问题，张謇与韩国钧一再致电全国水利局与江苏省政府请求拨款，还设法向淮扬盐商与华洋义赈会等民间团体求助，终于推动工程基本完工。张謇与韩国钧在江苏运河工程局任上共事四年，联合发布的呈文、咨文、训令、通令多达二百余份。这二百多份文告，都为着国计民生这一个共同的主题。

1926年，张謇去世，韩国钧拟写挽章：“哲人其萎。”又致唁电：“为乡邦痛，更为国家痛。”

张　謇 与 应德闳

应德闳（1876—1919），清江苏候补道员、淮安知府，民国江苏军政府财政部长、江苏民政长等。字季中。浙江永康人。

张謇与应德闳的交往，与程德全有着密切关系。应德闳先在程德全的江苏巡抚任上入其幕府，江苏独立后，又在程德全为都督的民国军政府担任财政部长。袁世凯下令各省军政、行政分离，应德闳被任命为江苏民政长，管理全省行政事务，成为程德全在江苏舞台上的重要助手。张謇与程德全交往比较密切，与应德闳的交往也因此变得比较频繁。1912年1月，中华民国联合会在上海成立，程德全为副会长，张謇为参议员、特务干事，应德闳为参议员，这既是张謇与程德全交往中的一件大事，也成为张謇与应德闳交往的开端。嗣后，张謇与程德全在教育、财政、赈灾等方面合作的过程中，应德闳往往起到传达协调作用。同年11月，张謇致函应德闳谈及南通师范学校原系“私立”，经费紧张，尤其是学生缴费负担沉重，“致使愿学师范者往往因费重而裹足”。应德闳经与程德全协商，“承商将私立南通师范学校作为代用，其向收师范生学膳费，岁由省库照额代缴”，学校亦自此改称江苏省代用师范学校。这件惠及南通教育的大事，程德全拍板赞成，而具体手续则由应德闳一手承办。1913年1月，张謇致电应德闳，吁请注意泰兴境内圩坝被私下打开，造成“内河水势大跌，交通阻滞”等问题。6月，张謇给袁世凯拟函，托应德闳带到北京面交袁世凯，“劝北方勿过逼迫，致碍民生”。1912年9月，张謇携应德闳、赵凤昌、史量才、陈景韩集资12万元，向席子佩兄弟购买了《申报》股权。五人合股经营《申报》，由史量才任总经理，陈景韩任总主笔。张謇与应德闳等人的这次合作，影响深远，对于推动《申报》向近代报刊转型产生了巨大作用。

1913年3月，上海发生宋教仁被刺案，陪同程德全往上海处理“宋案”的人员中便有应德闳。案发后一个月零五天，“宋案”证据公布于众。7月，“二次革命”爆发，程德全被免职，应德闳亦在同时被免职并入狱。程德全、应德闳从此不再为官。

应德闳于1919年英年早逝。

张　謇 与 刘厚生

刘厚生（1873—？），早年在南洋公学任教，后任南通大生纱厂、新通贸易公司董事、通海垦牧公司股东等。名垣，以字行。江苏武进人。

光绪二十六年（1900年），刘厚生应张謇邀请到南通访问，从此与张謇的事业密集相交。光绪二十七年（1901年），张謇创办通海垦牧公司，刘厚生成为公司最早的股东。光绪三十二年（1906年），张謇在上海筹建商办苏省铁路公司，刘厚生担任公司稽核总司理。光绪三十三年（1907年），张謇在南通召开大生纱厂第一次股东常会，刘厚生被推为董事会董事。光绪三十四年（1908年），因张謇举荐，刘厚生在大生纱厂第二次股东常会上又担任了常会议长。宣统元年（1909年），张謇、刘厚生等代表大生二厂向浙江银行、浙江兴业银行、信成银行贷款40万两白银，并共同在押据上签字画押。刘厚生曾对张謇的事业能否成功有所疑虑，张謇对他说："你的顾虑并不错误，但是凡事难于开始，我如不趁精力尚强，地位尚好的时候，一鼓作气，树立一个基础，我死之后，绝不会再有人来创办也。若开办在我生前，有其举之莫敢废也。""这继起的人，并不限于姓张，亦不限于通州、海门人，只要完成我的志愿，功不必自己见，名不必自我成。"一番交谈后，刘厚生感佩莫名，从此坚定地追随张謇。

宣统二年（1910 年），刘厚生根据对张謇平时主张的理解与概括，写成《奖励植棉暨纺织业说》，张謇阅后颇为满意，翌年进京时将该文上呈农工商部。同在该年，以罗伯特·大赉为首的美国商团到南京访问，刘厚生负责招待具体事务，因南京当时比较保守，刘厚生遂在上海将食品、侍者与乐队一一准备，运送南京。宣统三年（1911 年），刘厚生参与了张謇绕道河南彰德会见袁世凯的行程。张謇进京诸事办妥后，刘厚生又一路陪伴张謇往东北考察，直到黑龙江的哈尔滨、齐齐哈尔。张謇从立宪转向共和后，刘厚生又追随张謇在上海为南北议和奔忙。民国建立后，张謇活动的舞台日益扩大，刘厚生亦更加忙碌。1913 年，“宋案”发生，南北形势顿时紧张，张謇居间调停，刘厚生为张謇出谋划策。“二次革命”失败后，袁世凯、熊希龄一再邀请张謇“出山”，张謇找刘厚生等“来商进止”，刘厚生力劝张謇北上入阁。张謇担任农商部总长兼全国水利局总裁时期，刘厚生一度出任农商部次长。张謇制定的一系列发展民族工商业的政策法规，也凝聚了刘厚生的心血。此外，刘厚生还积极参与了张謇创办的盐政讨论会、苏社、中华职业教育社、中华全国道路建设协会、中法劝业地产银行、中比航业贸易公司、新通贸易公司等活动。及至 1922 年后，刘厚生又参与了张謇为使大生企业摆脱困境而千方百计寻求贷款的过程。

刘厚生著《张謇传记》

1926 年，张謇去世，刘厚生拟挽联吊唁。中华人民共和国成立后,刘厚生又于耄耋之年,历时七载,写下20万言的《张謇传记》。刘厚生这样评价张謇:“张謇一生似乎是一个结束二千年封建旧思想,最最殿后,而值得注意的一个大人物,同时亦是走向新社会,热心为社会服务的一个先驱者。”

张　謇　与　孙中山

1912 年 1 月 1 日，南京临时政府成立，孙中山就任临时大总统。张謇亦在这天以各省咨议局领袖的身份应邀赶往南京，并随即由孙中山荐任实业部总长。1 月 3 日，张謇与孙中山在南京见面，“谈政策”。会晤结束，张謇却用“未知涯畔”四个字评价孙中山。所谓“未知涯畔”，即张謇对孙中山的施政方针不理解，也不认同。一个多月后，张謇又在汉冶萍公司与日本合资问题上与孙中山发生争执，张謇认为：“凡他商业皆可与外人合资，惟（汉冶萍）铁厂则不可；铁厂容或可与他国合资，惟日人则万不可。”孙中山则回称：“汉冶萍约已签……今追正无及。”张謇因此辞职返回南通，结束了在政府内与孙中山的合作。

张謇与孙中山在 1 月 3 日的会晤，无疑对两人都具有极其重要的意义。那么，为什么那次会晤没有拉近两人距离，夯实两人在政府内合作的思想基础呢？主要是中国那时正经历着由共和代替帝制的千年巨变，呈现出许多国人从未遭遇过的复杂情况，历史不可能为巨变中的人们提供清晰而完整的应对之策。另外，两人在会晤前各按自己的轨道运行已久，在经历、理念乃至个性等方面存在重大差异，一次晤谈未能使两人达成新政府施政和新国家建设方针上的共识。张謇事后曾说，孙中山当时“于中国四、五千年之疆域、民族、习俗、政教因革损益之递变，因旅外多年，不尽了澈；即各国政治风俗之源流，因日在奔波危难之中，亦未暇加以融会贯通”。但是，张謇在南京临时政府成立前夕，为南北议和成功折冲樽俎，与赵凤昌等同被誉为“民国产婆”，又以个人名义向日本三井洋行借款30万元，以解临时政府燃眉之急。1月1日张謇即赶往南京，参加南京临时政府组建，并接受孙中山的委任，这都说明张謇对孙中山与南京临时政府抱有相当的好感，对南京会晤也是慎重与充满期待的，南京会晤未获成功，只是当时的历史条件尚不成熟。南京临时政府存在的时间十分短暂，张謇任职的时间更短。之后几年，张謇虽然在袁世凯与孙中山之间一度倾向袁世凯，却从未站在孙中山的对立面。张謇一直与孙中山保持着往来，参加了与孙中山有关的许多活动。1912年4月，张謇往上海哈同花园参加统一党欢迎孙中山的集会，与孙中山等合影留念。同年11月，张謇又往上海汇中旅馆，参加孙中山组织的国民党欢迎日本众议院议员团的宴会。尤其是1912年2月至1913年5月间，张謇与孙中山还联合为中国公学向袁世凯陈请办学资金。1915年下半年，袁世凯称帝野心暴露，张謇强烈反对，深揭袁世凯“所留与吾人以最真确之发明者，则权术不可以为国，专欲必至于亡身”。张謇心中的天平从此向孙中山大幅度倾斜。

孙中山赠张謇照片

张謇与孙中山仍按个人理解在各自救国的道路上运行，但几番风雨后，渐识真人面，两人互相给对方留下了日益深刻的良好印象。1922 年 12 月 23 日，张孝若受张謇嘱托在上海拜访孙中山。据上海《时报》报道：“中山招待，至为优渥。孝若首述其父记念之意，并问候其起居。后以其父张謇亲题最近相片一张奉赠中山。”“由中山赠相片一张与其父（上题‘季直先生惠存，孙文’字样），并赠著英文中国国家进化史（指《实业计划》）一部与孝若，亲自题署，以表诚挚。”张謇与孙中山从 1912 年至 1922 年，历经 10 年的互听其言观其行，各自完成了对对方认识的深化与评价的升华。

张謇赠孙中山照片

1925 年 3 月 12 日，孙中山去世。25 日，张謇亲往南通公共体育场参加万人追悼大会，并发表演说：“孙中山是手创中华民国之人，是国民党之领袖。”“不但为手创民国之元勋，且为中国及亚东历史上之一大人物。”“若孙中山者，我总认为在历史上确有可以纪念之价值。其个人不贪财聚畜，不自讳短处，亦确可以矜式人民。今中山死矣，其功其过，我国人以地方感受观念之别，大抵绝不能同。然能举非常大事人，苟非圣贤而贤哲为之左右，必有功过并见之处。鄙人愿我国人以公平之心理，远大之眼光对孙中山。勿爱其长而因护其短，勿恨其过而并没其功。为天下惜人才，为万世存正论。”

张　謇与黄　兴

黄兴（1874—1916），华兴会会长、中国同盟会庶务，民国南京临时政府陆军总长等。原名轸，改名兴，字克强，一字廑午，号竞武。湖南善化人。

张謇与黄兴相识相交于武昌起义爆发后的南北议和期间。南北代表伍廷芳、唐绍仪公开的议和地点在上海英租界的议事厅，实质性协商却在上海南洋路赵凤昌的私宅“惜阴堂”内进行。当时，“惜阴堂”内聚集着张謇、程德全、汤寿潜、黄兴、陈其美、汪精卫等，这些幕后人物才是决定下一步国家体制、政府组建的关键人物。唐绍仪代表北洋，张謇是全国立宪派的“老大”，黄兴则是革命党在国内的一号人物。宣统三年十月十二日（1911 年 12 月 2 日），南北议和前夕，张謇与黄兴在上海会面，商议“临时中央政府的筹建问题”。尽管政治立场不同，但两人给对方的印象都很好，这跟张謇与孙中山会面后评价孙中山“未知涯畔”有很大差异。议和开始后，张謇与黄兴多次接触，相知渐深。当张謇从黄兴处了解到即将建立的南京临时政府经费极度困难时，当即以两淮盐政总理名义作担保，向日本三井洋行借款 30 万元（一说 50 万元），以解黄兴之困。几乎就在同时，张謇接到前往南京参加临时政府成立仪式并出任实业部总长的邀请，这其中黄兴应该是主要推手。

1912 年 1 月 1 日，张謇应邀自上海到达南京，参加中华民国政府的组建，开启了张謇与临时政府合作的历程。这一年中，张謇与黄兴的交集涉及方方面面。例如，张謇希望黄兴重视章太炎“销去党名为第一”的主张，解散革命党人的组织；请求黄兴提供体现王潜刚专使身份的“护照”，以便派遣王潜刚往北京与袁世凯联络；呼吁黄兴与孙中山通电各省都督，禁止各省截留盐业税款，保证盐款上交国家；要求黄兴“严禁以后军人不得擅自强取商人财产，以维秩序而恤商艰”。张謇上述言行，有些得到黄兴的呼应，有些没有得到认同，甚至还因汉冶萍公司与日方合资一事，与孙、黄产生分歧，致使张謇辞去了南京临时政府实业部总长的职务。尽管如此，黄兴作为张謇为首的立宪派与革命党人对话的主要对象未受影响，张謇与黄兴之间的相互信任，不仅为协调国内不同政治派别的关系起到积极作用，更积累巩固了两人的友谊。同年，张謇参加了共和党招待黄兴等人的宴会，双方一起拟文呈报袁世凯，为中国公学陈请办学资金，又联袂往天津迎候梁启超，还共同发起建立中华民国矿业协会。

1913 年 3 月，宋教仁被刺，革命党人与袁世凯的关系陡然紧张，张謇找黄兴面谈，试图从中调解，但“迄无效”。伴随“二次革命”爆发，革命党人与袁世凯进入战争状态，张謇与黄兴被迫中断交往。1916 年年初，袁世凯复辟帝制，定为“洪宪”元年，国内陷入又一次动乱，面临危局，张謇想到了黄兴，他呼吁黄兴尽早回国，“调和南北”。6 月，袁世凯病卒，张謇又致函黄兴：“袁氏失德，亡也忽焉。彼其罪过，已随生命俱尽。所留与吾人以最真确之发明者，则权术不可以为国，专欲必至于亡身。深愿吾党之士，引为大鉴。”“先生去国稍久，志行弥坚，前此苦心，已白于世。今时局粗定，各方意见，未尽消融。倘能翩然归来，力持正义，动以积诚，虽有纠纷，不难即解。”这是一封包含了丰富意涵的信件，包含了对黄兴的高度肯定与期盼。

1916年11月，黄兴因病去世，年仅42岁。张謇拟挽联吊唁：“中年遽折雄姿，呕血不挠翁叔节；大勇无如悔过，本心犹见秣陵书。”

张　謇 与 宋教仁

宋教仁（1882—1913），华兴会副会长、中国同盟会司法部检事长、《民立报》主笔，南京临时政府法制院院长、国民党代理理事长。字钝初、遁初，号渔父。湖南常德人。

武昌起义爆发后，张謇顺应历史潮流走向共和。1911年年末，张謇与宋教仁、黄兴、章太炎等在上海会面，交谈内容主要就是为“临时中央政府的筹建”。1912年1月，南京临时政府成立，张謇应邀往南京担任临时政府实业部总长。1月3日，张謇与孙中山会面“谈政策”，却因分歧较大没有谈拢。多年后，张謇仍然认为孙中山的施政方针不合国情，并清晰记得宋教仁亦在现场，“当时有宋教仁在场，宋甚赞同（本人主张），而孙中山不能用鄙人所说”。民国初期，国内掀起政党政治热潮，张謇、宋教仁积极参与其中。起初，中华民国联合会改称统一党，张謇与宋教仁均被推为该党理事。稍后，两人逐渐分道，张謇参与了统一党与民社、国民协进会、国民公会等合并成立共和党的过程，并担任该党理事。而同盟会联合统一共和党、国民共进会、共和实进会、国民公党组成国民党，推孙中山为理事长，孙中山又请宋教仁代理。9月，共和党在北京设宴招待黄兴、宋教仁等国民党领导人，张謇参加宴会并致欢迎辞：“今共和党与国民党政纲甚为接近”“相见一堂，甚为幸事”，但从“会场情形甚为肃穆”来看，共和党、国民党两党的关系并不融洽。1913年初，北京参、众两院复选，宋教仁主持的国民党获392席，占压倒优势，共和党、统一党、民主党三党仅获223席。按照《临时约法》的规定，中华民国实行内阁责任制，宋教仁在两院选举中获胜，即意味着他将担任国务总理。张謇内心虽对这样的选举结果表示遗憾，但既赞成共和，承认法治，便坦然接受了这一选举结果。此期间张謇没有任何反对宋教仁获胜的行动或言论。3月20日，宋教仁在上海沪宁车站北上进京时突然被刺，全国震惊。张謇在致赵凤昌的函中，对宋教仁被害非常哀痛，同时对国内局势的走向忧心忡忡："遁初（指宋教仁）以调和南北慷慨自任，无端被害，此必有不欲南北调和者。乱人横行如此，世岂可闻！拟挽以联云：'何人忍贼来君叔，举世谁为鲁仲连？'不知联寄何所？想公亦必伤悼之也。"上联中"来君叔"指东汉名将来歙，"为人有信义，言行不违，及往来游说，皆可案复，西州士大夫皆信重之"，最后却遇刺身亡。下联中"鲁仲连"指战国时齐国辩士鲁连口才超群，谈锋机警，智勇双全，德才兼备。张謇挽联中的"来君叔""鲁仲连"，皆用以比喻宋教仁其人，反映了张謇对宋教仁坚持共和，献身事业的高度评价。

张 謇 与 蔡 锷

张謇在北京担任民国农商部总长兼全国水利局总裁期间与蔡锷相识相交。1914 年 10 月，张謇公务之余，偕熊希龄、梁启超、蔡锷等往天乐园观赏梅兰芳演出“贵妃醉酒”，又与蔡锷参加在梁启超家中所设的宴会。张謇与蔡锷一见如故，多次畅谈，相交渐深。1915 年 8 月，张謇因袁世凯称帝而辞职南归。同年，蔡锷潜回云南发动护国运动，并致函张謇求助，称“成败利钝吾所不计，但求诸公主持公论，以为助耳”。张謇与蔡锷在坚持共和、反对帝制方面的观点是一致的。

1916 年 11 月，蔡锷因病去世，张謇拟挽联：“国民赖公有人格，英贤无命亦天心。”张謇又致电黎元洪、冯国璋、段祺瑞，建议为蔡锷举行国葬，“謇以为当今无愧此礼者，惟蔡公一人。愿我大总统、副总统、总理俯恤众哀，畀成此举，使海外知中国自有巨人，后世知今日尚持公道。”张謇与蔡锷相差近 30 岁，相交仅两年，引为知己，如此表态，令人感动。12 月，张謇获悉运送蔡锷灵柩的“运川”兵舰通过南通江面，随即率领本地各界代表 500 余人登舰祭祀。张謇赋《送蔡松坡丧过南通》，并发表《公祭蔡松坡之演说词》，云：“松坡起义，志在恢复共和，拯民于水火之中。”“蔡先生之所以可敬者……而在能本其固有之良心，不争私利，不贪天功，以尽瘁于国事。”张謇希望社会各界“学其坚苦自立，以期以必成。为社会、为国家办事时，学其不昧固有之良心，不争利，不争权，不争功。人人有此良心，即人人能为蔡松坡，社会以是宁，国家以是兴”。张謇演说时“垂涕而道，呜咽几不成声”，“复上船慰唁蔡公家属，亲抱遗孤加诸膝而吻其额，不觉泪盈于睫，既而言曰……如将来蔡公子弟留学乏资，我可尽力资助”。同时，张謇又偕梁启超等于《申报》载《（创设松坡图书馆）缘起》，云：“（蔡锷）生前常以吾国之久缺此物为大憾大耻。今欲继公之志，而承其纪念，则一专备数美，夫孰有逾于兹事者乎！”

张　謇 与 章太炎

张謇与章太炎交往始于宣统三年（1911年）。武昌起义后，张謇在上海与章太炎、黄兴、宋教仁等见面，议商“临时中央政府的筹建”。1912年1月，张謇在章太炎发起的中华民国联合会组织内，被推为参议员、特务干事。张謇欣然接受，并为此向章太炎请教“不知以何种为特务，愿闻其例”，还与章太炎探讨国内改革应以西方哪个国家为蓝本等问题。张謇认为：“鄙意法、美皆民主，而宪法不相袭，国势根本不同，未可削趾适屦。”

张謇与章太炎此时相互走近的原因，是因为章太炎宣传“革命军兴，革命党销”，直言“逸仙不晓国中情伪”的观点，与张謇对孙中山的看法相近。张謇曾对黄兴说：“总之，军事非亟统一不可，而统一最要之前提，则章太炎所主张销去党名为第一。此须公与中山先生蚤计之，由孙先生与公正式宣布。一则可融章太炎之见，一则可示天下以公诚，一则可免海陆军行政上无数之障碍。”

在担任中华民国联合会参议员后，张謇参加了联合会在3月改组为统一党的“改党会议”，并被推为该党理事。4月，张謇在南通相应建立统一党分部，并邀请章太炎到南通。张謇以南通分部名义举行欢迎大会，高度评价“太炎先生学识之丰富，道德之高洁，尤为本党所敬服”。张謇与章太炎的交往由此达到高潮。但是，张謇与章太炎的密集交往非常短暂，张謇很快发现章太炎“识正而量不宏，宜优处于学问言论之地……而不甚宜于政治，且其左右不尽知大体也”。5月以后，随着统一党与其他政团合并另组共和党系列事务的开展，张謇在日记中写下了对章太炎“惑于谬说，意气甚张”等负面评价，张謇甚至得出“政治家非文章之士所得充”的结论。张謇与章太炎围绕组党参政方面的密切合作基本结束。

张謇与章太炎嗣后在其他方面仍保持一定交往。1912年9月，张謇为盐政改良事务往北京，到京后专程往贤良寺拜访章太炎。翌年4月，张謇与章太炎都应约为民国《国歌》拟歌词。双方还共同在《民立报》发布《发起通俗教育研究会宣言》，在《大中华》上登载《介绍中华书局教科书》，又都加入《南洋兄弟烟草股份有限公司扩充改组招股宣言》赞成人之行列。

1926年，张謇去世，章太炎拟挽联：“承濂亭薪火之传，能以文章弁科第；载端木胡连之器，岂因货殖损清名。”

张　謇 与 蔡元培

1912年初，南京临时政府成立，张謇任实业部总长，蔡元培任教育部总长，两人成为临时政府内的同僚。此时，章太炎创办中华民国联合会，张謇与蔡元培都受邀担任了该团体的参议员。4月，张謇与蔡元培共同前往上海哈同花园参加统一党欢迎孙中山的集会。八九月间，张謇、蔡元培与黄兴等联合立宪派与革命党人就中国公学呈文袁世凯，要求政府为该学校筹集办学资金。两人上述交往都与政治有关，有关消息都登载在媒体报刊上。

1913年，南北矛盾加剧，已经担任了大总统的袁世凯向南方革命党人进一步施加压力，自称代表“第三方”的张謇致函赵凤昌，委托转告南方的汪精卫、蔡元培，袁世凯“可以办到而不能放心处甚多，非将孙（中山）、黄（兴）必有正当之宣布告之不可”，即要求革命党人发表一个“禁止军人预政”的声明。1916年，袁世凯因复辟帝制败亡，张謇不愿重返政治舞台，而将主要精力用于南通的地方自治建设上。张謇与蔡元培交往的主要领域转向教育，源自对“教育救国”主张的共同认识。张謇与蔡元培皆提倡并身体力行推动“教育救国”这一理念。1916年，严修于《大公报》登载《推荐商务印书馆共和国民国教科书》一文，张謇与蔡元培共同具名，联合向各级各类学校推荐由商务印书馆编写的教学用书。

1917 年，中国科学社创办的《科学杂志》第 3 卷第 1 期出版，张謇与蔡元培都为之题词，对杂志寄予厚望，继而在科学社于美国罗得岛州布朗大学举行的第二次年会上，两人分别成为名誉社员、特别社员，共同助力科学社发展。同年，张謇与黄炎培、梁启超、蔡元培等共同创办中华职业教育社，成为《中华职业教育社宣言书》发起人和赞成人，为普及职业教育而努力。1919 年，中国矿学会在北洋大学举行成立大会，张謇与蔡元培分别担任该团体的名誉会长与名誉会员。1922 年，两人又联合致函农商部，要求民国政府关注地质调查所“历年办理之成绩”，保存这一与国计民生有重大关联的科学研究机构。张謇与蔡元培另一次颇具影响的联合行动，是在 1920 年，由张謇领衔，蔡元培等人参与的创办东南大学的倡议。张謇与蔡元培在《申报》上发表《国立东南大学缘起》，云：“在南京创办东南大学，其利有十。”“凡我同志，洞明世界之潮流，倡导国民之文化者，嘉许兹举乐助厥成。”这次倡议的结果是东南大学由此诞生，张謇与蔡元培无疑是这所近代著名高校的主要创办人。

张謇与蔡元培在教育方式及教育程序先后上也存在一些分歧。张謇创办了男、女师范学校，但不主张男女同校，他认为：“蔡孑民（元培）之主张男女同校，造出无穷话柄，为教育之玷。”另外，张謇主张小学为先，师范为本，认为办基础教育和职业教育，是数十年后方见实效的真正能提升国民素质的根本之策。而蔡元培的兴趣更多在高等教育上，蔡元培说：“没有好大学，中学师资哪里来？没有好中学，小学师资哪里来？所以我们第一步当先把大学整顿。”

张謇与蔡元培的交往不仅仅限于教育领域。1918 年到 1919 年，张謇与蔡元培针对中国的内政外交几度联手，或是发起成立和平期成会，呼吁停止内战，休养民力，或是参与组织争取国际联盟同志会、国民外交协会，要求在巴黎和会上废除西方国家在华势力范围，取消“二十一条”。张謇与蔡元培的交往甚至扩大到实业领域。1923年，由于热心国内的公路、铁路建设，双方在中华全国道路建设协会的董事会议上，同时受聘担任名誉顾问。同年，张謇与蔡元培又双双入选《密勒氏评论报》评选的“中国现时生存之最伟大人物十二人”名单。

1926年，张謇去世，蔡元培拟挽联吊唁：“为地方兴教养诸业，继起有人，岂惟孝子慈孙，尤属望南通后进；以文学鸣光宣两朝，日记若在，用裨征文考献，当不让常熟（指翁同龢）遗篇。”

张　謇 与 汪精卫

宣统三年（1911 年）十一月，张謇在《申报》上刊登《共和统一会意见书》，发起建立共和统一会，汪精卫同在发起人行列。张謇与汪精卫都认为：无政府是“共和改造时代之殷忧巨患”，欲消除无政府状态，必须实现七方面统一，关键在于建成“巩固健全之大共和国家”。另外，在这段时间，张謇与汪精卫等人“每星期总有一天或两天”共同前往南洋路赵凤昌的“惜阴堂”，密谈关于新的国家体制、权力分配等问题。在所有参与密谈的人员中，汪精卫年龄最小，只有二十多岁，却担任了南方议和代表参赞。张謇对这个有着刺杀载沣传奇经历，年龄不满自己一半的南方代表印象深刻。

民国建立后，张謇与汪精卫保持着持续交往。1912 年 1 月，张謇担任南京临时政府实业部总长。上任伊始，临时政府“亟需军政各费，欲责商会更助五十万”，张謇“劝勿扰商，自任为筹”，奔赴上海筹集经费。张謇到沪后找了两个人商量筹款之策，其中一位便是汪精卫。1913 年 3 月，宋教仁被刺，南北关系趋于紧张，张謇努力居间调停，恰逢汪精卫从海外留学回国，张謇与汪精卫围绕“宋案”开始频繁交往。汪精卫虽属革命党阵营，仍然认为应由袁世凯统一中国，与张謇的主张比较接近。1912 年年底，张謇与汪精卫曾同获袁世凯授予的一等嘉禾勋章，说明袁世凯对汪精卫存有好感，而张謇亦将汪精卫视为与革命党人对话的“窗口”。在张謇与汪精卫反复协商下，汪精卫于1913年6月草拟了南方革命党人的“价码”：一是国民党“为顾全大局计，决举袁公为正式总统”；二是“军人（指南方国民党都督）不得干预政治”，而袁世凯对他们“暂不撤换”；三是“宋案”要在法律范围内解决，“将来罪至洪（述祖）、应（桂馨）而止”。张謇随即将这一“价码”转告袁世凯。张謇又回告汪精卫，袁世凯“可以办到而不能放心处甚多，非将孙、黄必有正当之宣布告之不可，但不知日内孙、黄之观念又何如也”？即表明对孙中山、黄兴的真实态度不摸底，希望汪精卫再从中协调。在张謇心里，汪精卫的“价码”容易为袁世凯接受，因此亦对汪精卫充满好感，“謇于其党，二年以来，独见汪之可敬可爱而已”。但最后，形势比人强，张謇调停失败。“二次革命”爆发，南北兵戎相见，张謇与汪精卫的交往告一段落。

袁世凯死后，张謇与汪精卫恢复了交往。1918年10月，张謇分别致电北京政府与广州护法军政府，呼吁停战议和。电文中开列的政府要员名单中，就有汪精卫。1921年9月，张謇致电徐世昌、孙中山、汪精卫等，呼吁南北停战，“庶几外可泯列邦乘机侮我之野心，内尚留国民一线未绝之元气”。张謇还希望汪精卫“疏疑释滞，通彼此之邮”，促成庐山“国是会议”顺利召开。张謇与汪精卫的交往还包括教育、科学等领域。1916年6月，两人共同在报刊上登载《介绍中华书局教科书》一文，向社会推荐中华书局出版的各种教科书；1921年12月，中华教育改进社在北京成立，张謇被推为名誉董事，汪精卫为董事；1922年8月，中国科学社生物研究所在南京成立，张謇赠银一万元用作经费，汪精卫则致电表示祝贺；12月，两人又同时担任了上海国立自治学院的董事。

张　謇　与　胡汉民

胡汉民（1879—1936），中国同盟会会员、《民报》主编，南京临时政府大总统府秘书长、中华民国军政府总参议兼文官长、政治部长等。后改名胡衍鸿，字展堂，晚号不匮室主。广东番禺人。

武昌起义爆发后的南北议和期间，张謇与胡汉民已开始了交往。1912 年 1 月，张謇担任南京临时政府实业部总长，胡汉民担任大总统府秘书长，交往自然较前增多。不久，张謇因孙中山、黄兴与日本签订《中日合办汉冶萍草约》一事辞职，双方在政府内的交往宣告结束，但两人在其他方面的交往仍在继续。同年 4 月，张謇与胡汉民共同前往上海哈同花园，参加统一党欢迎孙中山的集会，并与孙中山等合影留念。1921 年，胡汉民出任广东中华民国军政府总参议兼文官长、政治部长，在张謇呼吁南北停战的通电中，孙中山、徐世昌的名字后面，胡汉民的名字也赫然在列。

张謇与胡汉民的交往涉及国内政局最为深刻，影响最为广泛的一次，无疑发生在南北议和期间。张謇生前极少透露那段日子的内幕，直到张謇去世四年后的 1930 年，胡汉民才将其披露于世。胡汉民说，宣统帝溥仪的退位诏书实出自张謇之手。胡汉民在 2 月 18 日致谭延闿函中写道，“清允退位，所谓内阁复电，实出季直先生手。是时优待条件已定，弟适至沪，共谓须为稿予清廷，不使措辞失当，弟遂请季直先生执笔。不移时脱稿交来，即示少川（唐绍仪）先生，亦以为甚善，照电袁，原文确止如此。而袁至发表时，乃窜入授彼全权一笔，既为退位之文，等于遗嘱，遂不可改。”

张　謇　与　陈其美

陈其美（1878—1916），中国同盟会会员，参与创办中国同盟会中部总会。上海光复后被推为沪军都督，“二次革命”中任上海讨袁军总司令，后任中华革命党总务部长，又发动“肇和”兵舰起义。字英士，号无为。浙江湖州人。

宣统三年（1911 年）十一月，张謇与陈其美针对各省纷纷“独立”，各行其是的混沌局面，发起组织共和统一会。共和统一会反对无政府主义，认为“居今日之世界，尚不能为无政府，愚者盖知也”“（无政府）是共和改造时代之殷忧巨患也”。消除无政府必须实现七方面统一，“概以言之，即设共和政治进行时代有力之枢机，而即成巩固健全之大共和国家者，此本会唯一之天职也”。同时，张謇、陈其美与其他南北议和代表，“每星期总有一天或两天”共同前往赵凤昌的“惜阴堂”，参与帝制终结后新的国家体制、权力分配等问题的密谈。张謇与陈其美发起组织共和统一会与汇集“惜阴堂”内密谈两件事，实际上为了同一个目的，即尽早结束分裂状态，统一南北，保全中国，确保中国由帝制较为平和地转到共和的轨道上。

1912 年 3 月，张謇与陈其美在上海参与发起创办蒙藏交通公司。4 月，两人共同前往哈同花园参加统一党欢迎孙中山的集会。8 月，江苏各地民军尤其是陈其美的沪军断饷严重，军中上下躁动，“扬言欲兵劫盐局”，张謇帮助陈其美筹集军饷，“竭蹶应付，十日而定”。9月，张謇在北京畅观楼参加共和党招待黄兴、陈其美的宴会，并致欢迎辞。11月，张謇又与陈其美在上海汇中旅馆参加国民党、共和党与民主党欢迎日本众议院议员团的宴会。张謇与陈其美的交往一直延续到1913年3月，张謇“为介绍英人开麦腊君来商事件”，致函陈其美寻求帮助。总体而言，张謇与陈其美这段时间关系比较密切，交往皆围绕国计民生等大事进行。

但同在3月，国民党在国会选举中取得压倒性胜利，宋教仁循“内阁制”惯例，欲以党首身份前往北京组阁，却在上海火车站被刺，举国哗然。张謇拟挽联悼念宋教仁：“何人忍贼来君叔，举世谁为鲁仲连。”同时呼吁袁世凯，“为今计，惟有劝公以光明中正之概处之”。张謇又要求国民党在法律框架内解决“宋案”，反对搞二次、三次革命。张謇的调解最后未能成功，南北双方在7月兵戎相见，在上海“合攻（江南）制造局”，指挥讨伐袁世凯军队的便是陈其美。进攻江南制造局失败后，袁世凯悬赏五万元缉拿陈其美，陈其美被迫流亡日本。1915年12月，陈其美又在上海发动“肇和”兵舰起义，炮轰江南制造局，再次遭到袁世凯军队的围攻，起义以失败告终。1916年，陈其美遭暗杀身亡。

张　謇 与 林长民

林长民（1876—1925），早年赴日本留学，回国后执教福州法政学堂，任福建省咨议局秘书长。民国后任临时参议院秘书长，参与草拟《中华民国临时约法》，又任众议院议员、国务院参事、司法部总长等。字宗孟。福建闽侯人。

张謇与林长民在清末民初所持政见比较一致。宣统元年（1909年）十一月，张謇计划组织各省咨议局代表赴京请愿速开国会，林长民作为福建代表参与其间。张謇为请愿团撰写给清政府的呈文时，参考了林长民的文稿，“其呈文有二稿，一为福建林君长民所拟，一为江苏联合各省时之初稿，后加增删，经张君謇改定”，“经众议定，决用后稿”。1913年5月，共和党与其他政党合并建立进步党，张謇参与了进步党的建立并任该党理事，林长民则被推为政治部部长。进步党主张与袁世凯联盟，在袁世凯同意下，1913年8月，“名流内阁”得以建立，名誉理事熊希龄任内阁总理，张謇稍后出任农商部总长，林长民则任国务院参事。

1914年2月，熊希龄被迫辞职，“名流内阁”垮台。后来，张謇与林长民也都与袁世凯分道扬镳。张謇返回南通后，立足南通“地方自治”建设。而林长民很快重返政坛，并往返于朝野之间。1918年第一次世界大战结束，林长民被徐世昌聘为外交委员会委员兼事务主任，开始娴熟地以民间外交推动政府外交。1919年初，巴黎和会召开，中国政府密电出席和会代表，指示就原德国在中国山东的权益转让日本等问题上对日让步，加上此前中国与日本“订立济顺、高徐两路借款之约”，两件对日外交事件引起国内舆论哗然。张謇与林长民除分别致电政府或在报刊撰文表示强烈反对外，还发起成立民间组织，向政府施加压力。2月11日，张謇与林长民共同参与发起成立争取国际联盟同志会，张謇为理事，林长民为总务干事。2月16日，张謇与林长民又共同参与发起成立国民外交协会，张謇为理事长，林长民为理事。张謇与林长民还联合致电各省议会、农工商会、教育会及各团体，称国民外交协会成立并已发表“促进国际联盟之实行”主张，“如荷赞成，即请电复本会，以便先行联名电达和会”。梁启超赴欧开展“民间外交”之际，两人又联合致函梁启超：“此次巴黎和会，为正义人道昌明之会，尤吾国生存发展之机，我公鼓吹舆论，扶助实多，凡我国人，同深倾慕。”“务恳鼎力主持，俾达目的，则我四万万同胞受赐于先生者，实无涯矣。”张謇与林长民的联合行动，为之后的“五四”运动做出了历史性贡献。

张謇、梁启超、林长民的友情也延续到后代。林长民的女儿林徽因，后来嫁给了梁启超的儿子梁思成。

张　謇　与　吴稚晖

吴稚晖（1865—1953），南菁书院、紫阳书院学生，南洋公学教师，中国公学董事，中国同盟会会员等。名朓，幼名纪灵，后名敬恒，以字行。江苏武进人。

张謇与吴稚晖的交往主要在教育领域。1912年9月10日，张謇与吴稚晖等联合署名，首先呈文袁世凯、范源濂、周学熙，又电民国政府外交部，请求将一笔“久存比（利时）领事署”的款项解冻，下拨中国公学作为办学经费。前文内容为：“中国公学创始迄今，成绩完美，如此次光复，树勋立业之人，多有出自中国公学者。况建设需材，教育孔亟，中国公学既为全国公立，教化所及，普遍环宇，历年经费，均系各省协款维持。军兴以来，此项协款即经停止。今年开办政、法、商、大学预科，用费渐多，业已万分支绌，明年拟更办工科，规模既宏，需费自巨，倘无固定基金，何能为此久远之谋？不得已合词呈恳大总统电饬上海交涉使或江海关监督速与比领事交涉，提还发交公学，存充经费，实为公便。”后电内容与前文基本相同。一天内，张謇与吴稚晖两次联合上书，可谓戮力同心。

1916年，张謇与吴稚晖共同参与在《大中华》登载《介绍中华书局教科书》广告，向国内各类学校推介由中华书局编辑出版的各种教科书。1918年，中华职业教育社在上海举行年会，张謇因故未能参加，但派人专程携带“牛乳、茶点”往上海，提供给年会参会代表茶歇时享用，以表示对教育社的关切与支持，吴稚晖参加了这次年会。这些“牛乳、茶点”均由张謇创办的“南通私立甲种学校”所出，令参会代表称奇，这实际上是张謇在向参会代表巧妙地展示南通职业教育的发展成果。吴稚晖等人一边品尝这些“牛乳、茶点”，一边对南通职业教育的发展称赞不已。

张　謇 与 伍廷芳

伍廷芳（1842—1922），清驻美国、墨西哥、秘鲁、古巴公使，民国司法部总长、外交部总长、内阁总理等。本名叙，字文爵，又名伍才，号秩庸。广东新会人。

张謇第一次提及伍廷芳，在宣统二年（1910 年）。张謇在上海接待来华的美国商团团长罗伯特·大赉一行时，有人向张謇推荐伍廷芳充当翻译。张謇询问："伍之为人不知其究竟，可与共谈大计否？能一气否？能相助否？皆在茫然之中。"三个一气呵成的"与否""能否""能否"，表明张謇对伍廷芳的印象还很"茫然"。时隔一年，武昌起义爆发，张謇顺应历史潮流，由立宪转向共和。当时苏南、苏北许多城市（如上海、苏州、南通）纷纷脱离清政府独立，江苏形势急转直下，张謇为此两度召开江苏临时议会会议，讨论维持江苏统一，组织临时政府等问题，与会成员中即有伍廷芳。此时，张謇与伍廷芳不仅是"熟人"，而且伍廷芳已成为张謇筹划统一参与机要的参谋。南北议和开始前，张謇在致电北方代表唐绍仪时曾指出："伍（廷芳）不能赴鄂，讨论大局亦以公来沪为宜。"这意味着，张謇在南北议和地址与南方代表人选等方面，具有重要的决策作用，而伍廷芳就是张謇颇为欣赏支持的南方代表人选。南北议和开始后，伍廷芳虽只是幕前的南方代表，不在"惜阴堂"常客的名单中，但张謇与伍廷芳保持着经常性的联系，张謇对伍廷芳的实际影响十分重大。

南北议和期间，张謇与伍廷芳共同发起组织了共和统一会。1912年，张謇与伍廷芳等共同发起组织共和党，两人均被推为理事。1913年，张謇与伍廷芳又共同在进步党的成立会上，被推为理事。此外，张謇与伍廷芳还共同参加了欢迎日本众议院议员团的宴会，共同参加了欢迎美国驻华公使嘉乐恒的大会。两人又共同在上海发起建立了蒙藏交通公司，拟从交通入手，开发中国的西北地区。嗣后，张謇、伍廷芳的合作重点转向教育、科学等领域。1916年，张謇与伍廷芳共同在《大公报》上发表《推荐商务印书馆共和国民国教科书》一文。1917年，张謇与伍廷芳共同在《中华职业教育社宣言书》登载《募金通启》广告，为教育社向社会募集资金，后又都成为教育社特别社员。同年，张謇与伍廷芳都对中国科学社团体予以关注，分别在科学社于美国罗得岛州布朗大学召开的第二次年会上被推为名誉社员与赞助社员。自然，张謇与伍廷芳仍然在政治领域有一定交往。1921年9月3日，张謇呼吁南北停战，在致电南方孙中山、北方徐世昌等代表人物中，也包括了时任广东中华民国军政府外交部长的伍廷芳。

1922年，伍廷芳去世，张謇致电其公子伍朝枢吊唁："贱辰辱蒙尊公书赠联语，正深感念，忽闻大去，悼怛万状。"

张　謇 与 谭延闿

谭延闿（1880—1930），清湖南咨议局议长，武昌起义后湖南省都督，民国湖南省都督兼民政长、湖南省长兼督军、参议院院长等。字组庵，号无畏、切斋。湖南茶陵人。

宣统元年（1909 年），各省纷纷成立咨议局，谭延闿担任湖南咨议局议长。当时，张謇为议长的江苏咨议局在各省咨议局中最为活跃，知名度最高，张謇成为了全国咨议局的领袖，谭延闿对张謇这一议长“老大哥”非常认同。张謇与谭延闿的第一次交往，发生在 1912 年 1 月，张謇时任南京临时政府实业部总长兼两淮盐政总理。张謇认为，“中国旧时专制政治之毒最为灭绝人道者，无过盐法”，但就任盐政总理后，张謇考虑各种现实情况，认为改革时机尚未成熟，因而致电湘、鄂、赣、皖四省都督，要求遵守盐政局有关条例，保护好各省盐商的合法权益。四省都督中的湖南省都督便是谭延闿。谭延闿接到张謇电文后，对尽早改革清盐法旧章提出了自己的想法，并向张謇求教。3 月，张謇第二次致电谭延闿：“满清盐法本系弊薮，必当大力改革，但目前大局未定，骤难著手。且课厘加价，所入半已抵偿赔款，势不能不暂仍旧章。”在张謇看来，谭延闿与许多旧式官僚不同，是个有正义感的开明官员，因此视谭延闿为同道。

1916 年 12 月，张謇偕梁启超等于《申报》刊载《（创设松坡图书馆）缘起》，呼吁社会各界借此纪念蔡锷将军，谭延闿参与了这一倡议的发起。事实上，谭延闿在 1913 年参加“二次革命”，宣布湖南独立，并在《长沙日报》上发表《讨袁檄文》，被袁世凯撤去都督职务。1915 年，袁世凯称帝，谭延闿又响应蔡锷的号召，参与了护国运动。故张謇、梁启超、谭延闿等共同发出这一倡议属于“志同道合”。1918 年 3 月，段祺瑞重新出任国务总理，决定对川、湘、粤等省用兵，实行“武力统一”，南北战争爆发。张謇偕岑春煊、谭延闿等致电北京政府：“时事紧急，内外交迫，大局阽危，已在眉睫。”“业将外警情形电告陆干卿（荣廷）、唐蓂赓（继尧）及西南各首领……尤宜及早觉悟，捐弃嫌怨，早息内讧，共御外侮。”这是继 1916 年后，张謇偕谭延闿等发出的又一次联合倡议，饱含着对国家前途的深重忧虑。

谭延闿为张孝若著《南通张季直先生传记》题写书名

张謇与谭延闿的交往，还涉及社会慈善等领域。1922 年初，沪上人士发现，俄国大批难民从海路流亡到上海后，生活无着，处境窘迫，遂“以赈济俄灾，敦睦邻谊，发扬国际间之人道主义为宗旨”，建立俄国灾荒赈济会上海部，对俄国难民施行救助，张謇与谭延闿均被推为赈济会董事。张謇任董事，缘于他早已融入上海的经济、文化圈，而且成为圈内的重要成员。而曾任湖南省长兼督军的谭延闿，几乎是董事会中唯一的圈外成员，这是因为，谭延闿于 1920 年被赵恒惕驱逐，此时正在上海闲居。张謇并不介意谭延闿此时的身份，反而继续予以尊重，这让谭延闿铭记在心。

1930 年，张孝若为父亲撰著传记，并由中华书局出版，谭延闿为传记题写书名《南通张季直先生传记》。谭延闿是著名书法家，字字锋藏力透，为传记平添风采。

张　謇 与 黄炎培

光绪三十一年（1905 年），张謇创办江苏学务总会并任会长，黄炎培任评议员（后为干事员），这成为张謇与黄炎培交往的开始。学务总会后改称江苏省教育会，张謇仍任会长。1914 年，黄炎培升任副会长，成为张謇的主要助手。

在张謇与黄炎培以正、副会长身份搭档的八年时间内，江苏省教育会既是双方交往的重要平台，又成为他们主政江苏教育的领导机构。张謇与黄炎培共同创造了民国期间由民间教育团体而非政府部门主政一省教育的奇迹，江苏亦因此成为国内唯一出现这类现象的省份。张謇与黄炎培可谓一对“黄金搭档”，正是在他们的联袂努力下，江苏近代教育呈现出辉煌景象，一些著名高等学校在江苏应运而生。1912 年，张謇与黄炎培在上海（时属江苏）创办了吴淞水产学校，后改名江苏省立水产学校，该校是中国近代最早的水产高等学校，如今已经变成了上海海洋大学。1914 年，因原两江师范学堂停办，南京高等师范学校接续传承，张謇推荐省教育会会员江谦担任该校校长，黄炎培亦以评议员身份参与创办，该校即是今日的南京师范大学、南京大学的前身。1915 年，由张謇发起，黄炎培等人在南京筹划了河海工程专门学校，该校是中国近代最早一所水利高等学校，即今日河海大学的前身。1920 年，张謇、蔡元培、黄炎培等人联名上书教育部，呼吁创办国立东南大学，他们都担任了校董事会董事，该校即今日东南大学的前身。

中华职业教育社是张謇与黄炎培交往的另一个重要平台。张謇秉承“实业、教育迭相为用”的理念，在南通创办了农校、商校、银行专科、测绘专科等一系列实业学校，黄炎培则在此基础上推进实业教育向职业教育转化，在江苏省教育会内设立并主持“职业教育研究会”，进一步引起社会各界对职业教育的关注。1917 年，张謇与黄炎培、梁启超、蔡元培等在上海发起创立中华职业教育社，作为发起人之一，张謇从精神与物质上积极给予职教社以大力支持。张謇还担任了中华职业教育学校议事员，儿子张孝若则担任了该校经济校董。黄炎培前后十次到南通考察张謇创办的实业与教育，并多次向当地各界人士作职业教育演说。除江苏省教育会、中华职业教育社两个平台外，张謇与黄炎培在教育领域还有许多合作。他们共同担任过商务印书馆董事，向社会推荐该馆出版的各类教科书；共同担任过讲学社董事、国立自治学院董事、暨南学校名誉赞助员以及中国科学社的名誉社员、赞助社员、太平洋纪念华工职业学校董事等。

张謇与黄炎培在政治领域同样有着密切合作。张謇自光绪二十九年(1903 年)开始投入立宪运动,光绪三十二年(1906 年)成立预备立宪公会,任副会长,后改任会长。宣统元年(1909 年)，张謇又成立江苏咨议局并任议长，随即发起国会请愿等立宪运动。黄炎培先在光绪三十一年（1905 年）经蔡元培介绍加入同盟会，后在张謇引导下先后成为预备立宪公会成员和江苏咨议局议员。黄炎培在这阶段追随张謇，配合张謇做了大量工作，成为立宪运动的骨干。武昌起义爆发时，黄炎培担任江苏咨议局常驻议员、苏州江苏地方自治筹备处参议等职，张謇携黄炎培等合力劝说程德全立即上书清政府公布宪法，召开国会。遭到清政府拒绝后，张謇与黄炎培从立宪转向共和，成立江苏临时议会并两度开会，议商“保守（江苏）秩序”，又“拟联合（沪军）都督”“组织临时政府”。民国建立后，袁世凯对黄炎培以仕途晋升予以引诱，黄炎培不愿意，经张謇向袁说项得以解围。黄炎培称：“我没有入北洋圈套，我很感谢张謇。”张謇在北京担任农商部总长期间，黄炎培代张謇为江苏省教育会做了大量工作。1915 年，袁世凯复辟帝制，张謇与黄炎培不约而同加以反对。1920 年，两人又共同发起建立苏社，“期置苏省于最完全最稳固之地位”，张謇与黄炎培分任主任理事与理事。曾代理民国政府国务总理兼外交部总长的王正廷说过：“中国不宜全赖中央政府，若每省能从事建造，如张季直之创办工厂于南通，黄炎培之从事教育，人人如是，不难立致富强。”王正廷点出了张謇与黄炎培坐言立行的实干家神韵，以及两人成为挚友的思想基础。

1926 年，张謇去世，黄炎培拟长联挽之：“物则棉铁，地则江淮，盖其自任天下之重如此，着眼远处，着手近处，凡在后生，宜知勉矣；早岁文章，壮岁经济，所谓不作第二人想非耶，孰弗我有，孰是我有，晚而大觉，尚何憾乎？”

张　謇 与 罗振玉

罗振玉（1866—1940），清学部参事兼京师大学堂农科监督等，民国后入值清废帝溥仪南书房，又帮助溥仪秘密迁往天津日租界。字式如、叔蕴、叔言，号雪堂，晚号贞松老人、松翁。江苏淮安人。

张謇与罗振玉交往始于光绪二十三年（1897 年），两人当时在振兴农业方面志同道合。罗振玉认为，中国以农立国，农业不振乃国家贫弱的主要原因，故建农学会、办《农学报》以倡风气很重要。张謇则向朝廷上《请兴农会奏》，主张“务本重农”，并赞赏罗振玉建农学会的举动，“近日上海设立农学会，专译东西洋农报农书，未始非中国农政大兴之兆”。张謇在《农学报》上撰文，并不时与罗振玉通函，探讨建立农学会等问题。罗振玉透露过两人交往的一些情况：“前在沪上，得睹光仪，并聆雅教。”“刻下草拟章程，寄呈诲正……昨与穰公（指蒋伯斧）酌拟农报之首刊列同人名字，拟借重大名，想不见却。”光绪二十七年（1901 年），张謇将“务本重农”的主张付诸实践，在黄海滩涂创建通海垦牧公司，开辟大规模的棉花种植基地，罗振玉不仅同意联名上奏，请求朝廷批准，而且积极参与集股，为公司筹集资金。

光绪二十六年（1900 年），罗振玉应张之洞聘，往武昌主持湖北农务局与湖北农学堂。张謇与罗振玉的交往亦逐渐围绕筹办新式教育展开。翌年，张謇与罗振玉在南京议商为刘坤一编订新式课本，供初高两级小学、中学使用等问题。稍后，罗振玉受刘坤一、张之洞委派往日本考察教育。光绪二十八年（1902 年），张謇与罗振玉受托拟订学制奏稿，由刘坤一、张之洞联合上奏朝廷。两人又提出筹办新式教育，应定“兴学次第”，首先建师范学校。刘坤一开始同意这一建议，但身边的江宁藩司吴重熹、巡道徐树钧、盐道胡延却同声阻拦，“中国他事不如人，何至读书亦向人求法？此张季直过信罗叔韫（指罗振玉），叔韫过信东人之过也”。刘坤一产生动摇，回复张謇：“此事难办，叹息不已。”虽然如此，张謇、罗振玉拟订的学制经上奏朝廷后，为清政府颁布实施的《奏定学堂章程》所吸收。而张謇、罗振玉以及缪荃孙等人的持续努力，又为三江师范学堂等江苏新学的兴起做了铺垫。尤其是张謇知官办已不可能，即于此时“乃谋自立师范学校”，并称：“后之人知中国师范之自通州始，必不知自二道一司激成之也。”

嗣后，张謇全力在南通创办师范学校，罗振玉自然成为张謇创办师范学校最有力的支持者与参与者。张謇凡到上海必拜访罗振玉，与其议商办学事宜。光绪二十八年（1902 年）秋，罗振玉还应邀到南通，参观通州师范学校校舍并给予指导，并将在日本考察期间获得的日本教育学制、专业、课程设置，以及学校行政管理方面的经验介绍给张謇。另外，师资选聘是师范学校面临的最迫切需要解决的问题。由于罗振玉推荐，王国维与日籍教师木造高俊应聘到校，又由于王国维的介绍，其日本同学吉泽嘉寿之丞亦到南通任教，解了张謇燃眉之急，保证了通州师范学校于光绪二十九年四月初一（1903 年 4 月 27 日）正式开学。张謇对罗振玉期望甚高，“叔耘专意学校，条理细密，近又甫从日本调查而回，必不草率”。

事实证明，罗振玉在协助张謇创办通州师范学校过程中发挥了重要作用。

光绪二十九年（1903 年）六月，张謇访日回国，与罗振玉交流在日本的见闻与体会，相谈甚欢。翌年秋，罗振玉在苏州协助端方创办江苏师范学堂，成绩卓著，但在招生学额问题上与当地士绅发生矛盾，加之罗振玉确有占用学校用地建私房的事实，遂不得不辞去学校职务，后往北京出任学部参议。至此，张謇与罗振玉逐渐疏远。

张　謇 与 王国维

张謇与王国维的交往，缘于通州师范学校。光绪二十八年（1902 年），张謇在南通创办师范学校。翌年二月，王国维因张謇“敦请极挚”，抵达南通担任师范学校教师。张謇聘请王国维，主要出于罗振玉的推荐。张謇当时与罗振玉交往密切，罗振玉积极支持张謇创办新式教育，故张謇对罗振玉推荐的人选非常重视。而张謇与王国维教育理念相近，也是张謇对王国维颇有好感欲加聘用的原因。通州师范学校创办初期，全校只有四位教师，其中包括两位日本籍教师，王国维则担任国文、伦理两门主干课程的教授。不久，师范学校遭遇变故，一位日籍教师因对即将爆发日俄战争的前景极度悲观而自杀，另一位日籍教师暑假中因事回国又迟迟不能到任，原由他们担任的日文、算术、理化课程无人教授。王国维在困难时刻主动承担了更多课程，为学校稳定过渡做出了贡献。除了在教学上担当重任外，王国维还积极参与了张謇关于审订管理章程、安排教学场所、选聘新来教师、招收师范考生等多项开校事务，足见王国维是张謇创办通州师范学校初期的主要骨干。

张謇对王国维甚为倚重。王国维时年二十五六岁，张謇按国内教师的较高标准，每月给予 70 元工资，张謇自己担任学校总理，却不拿工资。张謇给王国维的住宿待遇与日籍教师相同，一人独居一室，安排在校内条件最好的办公楼二楼房间。食堂用膳时，“席用方桌，沿堂北第一排凡六席，总理，监理，及四教习各南向为首座”。即王国维与学校总理张謇、监理王康寿同样“为首座”。张謇与王国维签订了为期一年的合同，合同到期后，王国维离开学校，也离开了南通。王国维在南通时间虽短，但对张謇所创办的事业以及南通这座城市都充满了热爱。

王国维在通州师范学校执教期间，游览了当地名胜，还留下若干诗文。如《登狼山支云塔》云：“数峰明媚互招寻，孤塔崚嶒试一临。槛底江流仍日夜，石边海草未消沉。”又如《游通州湖心亭》云：“扁舟出西郭，言访湖中寺。野鸟困樊笼，奋然思展翅。入门绿亭坳，尘劳始一憩。方愁亭午热，清风飒然至。新荷三两翻，葭菼去无际。湖光槛底明，山色樽前坠。”

张 謇 与 马相伯

马相伯（1840—1939），天主教徒，清震旦学院院长、复旦公学校长，民国参政院参政、平政院平政等。原名马志德，圣名若瑟，又名绍良，字斯藏，又字相伯，以字行。江苏丹阳人。

张謇与马相伯因参与平定“壬午兵变”先后入朝，并于光绪九年（1883年）在朝鲜相识。尽管张謇与马相伯在对待日本侵略的具体策略上有所分歧，但共同的士大夫责任感，以及共同的反对日本侵略的主张，为他们日后的继续交往奠定了基础。甲午战后，张謇提出“实业救国、教育救国”与“父教育母实业”的主张，在南通首创通州民立师范学校，马相伯则以宗教家的情怀毁家兴学，在上海创办震旦学院。双方围绕“教育救国”交往频繁，相互声援，情谊日见深厚。马相伯认为欲自强，“其母则在学校，学校之母又在师范”“陶冶国民必以师范为基础”，非常赞赏张謇首办师范的举动。张謇则在马相伯与天主教会因办学理念发生冲突而被迫另筹复旦公学时，慨然答允担任复旦董事，关键时刻为马相伯筹集办学经费一万元，并多次到复旦与马相伯筹画学校发展事宜。

光绪三十一年（1905年），张謇创办江苏学务总会，亲任会长，马相伯则以丹阳县学会会长身份任干事员。总会建立伊始，遭遇两次学生风潮。一是南京各学堂学生为争学堂名额举行罢课，二是留日学生为抗议日本政府取缔规则大批返回上海。张謇先后两次委派马相伯前往解决，而马相伯亦不负重托，两次均圆满地平息了学生风潮。翌年，张謇与马相伯等共同发起创办中国图书公司，宗旨之一是为新式学校编辑出版各类教科书。1912 年，张謇与马相伯等共同上书国务院与财政部，呼吁为中国公学筹措办学经费，又共同发起建立通俗教育研究会，呼吁“为普通人民灌输常识，培养公德”。1917 年，张謇与黄炎培、梁启超、蔡元培等发起成立中华职业教育社，马相伯则多次前往教育社发表演说，鼓吹在中国发展职业教育。1922 年，在张謇的大力支持下，中国科学社在南通召开第七次年会，马相伯则利用参会之机，积极为南通各界开设讲座，介绍科技知识，号召“人人皆为张啬老（张謇），县县皆为南通”。

除教育外，张謇与马相伯通过各自的实践，都认识到实业、教育与政治间存在千丝万缕的联系，三者必须全面推进。光绪三十一年（1905 年），张謇欲借助外资创办中国国民实业银行，恰遇法国商部专使德隆格访问上海，张謇便偕马相伯拜访德隆格进行洽谈。同年，上海掀起抵制美货运动，张謇号召南通工商界积极参加，还与马相伯在上海教育界集会上发表演说，呼吁社会各界一致行动抵制美货。光绪三十二年（1906 年），张謇发起成立预备立宪公会，开始任副会长，后改任会长，马相伯则率先建上海宪政研究会予以回应。光绪三十四年（1908 年），江苏省咨议局研究会成立，张謇任会长，马相伯任副会长。江苏咨议局正式成立后，张謇任议长，马相伯任议员。马相伯尽管年长张謇十余岁，却一直甘愿充当张謇的助手，为实现共同目标冲锋在前，竭尽所能。武昌起义爆发后，张謇与马相伯都顺应历史潮流，完成了从立宪到共和的转变。江浙联军攻克南京，张謇表示热烈祝贺，向联军将士赠送大批物资，代表张謇前往慰问的便是马相伯。中华民国建立后，张謇在北京政府担任了农商部总长，马相伯担任参政院参政。1914 年中国传统新年期间，张謇与马相伯共同游览了香山静宜园。同年，张謇与马相伯在北京策划筹办中法劝业地产银行，只是因为第一次世界大战爆发，劝业地产银行计划遂遭搁浅。1923 年，张謇与马相伯又在中华全国道路建设协会会议上被推为董事，为加快国内公路建设出谋划策。

1926 年，张謇去世，马相伯拟挽联悼念：“世事亦何常，方期杖履优游，绿发幅巾闲话旧；时局犹未定，那堪故交零落，文章经济欲无言。”

张　謇 与 唐文治

唐文治（1865—1954），清总理衙门章京、商部左侍郎、农工商部署理尚书、上海高等实业学堂监督、邮传部高等商船学堂监督、江苏省教育会会长等。字颖侯，号蔚芝，晚号茹经。江苏太仓人。

光绪三十年（1904 年），张謇由光绪帝“着赏加三品衔，作为（商部）头等顾问官”。张謇获此官衔与商部左侍郎唐文治等人不断举荐上奏存在密切关系。商部主管农、工、商及交通、金融等领域，张謇任顾问官前后，收到唐文治两次邀请，先是邀往上海创办“商会及丝茶大公司”，稍后又邀往北京“兴办工商事”，张謇都未接受。张謇自述婉拒往上海创办“商会及丝茶大公司”时曾称，唐文治建议的上海实业计划，“就中国今日商势、商智、商力而论，未易遽行”。“走以通州人，经营通州一方之实业……实已心瘁力殚”“若更承上二事，则须常驻沪，而通州一方之实业必荒”。虽未成行，但两人坦诚相见，互视对方为“同志”，在日后的事业中相互帮助。早在张謇与唐文治相识前，张謇即提出“中国渔业公司关系领海主权，宜合南、北洋大举图之”的主张，有关创办渔业公司的呈文送到商部后，唐文治颇为重视，即上奏朝廷，得旨准行。张謇得以“在江北一带招集商股”，公司集股贯彻“官经商纬”原则，总部设在上海，名江浙渔业公司，政府则在公司设“专管渔政之官”。张謇向唐文治举荐由袁树勋或郑孝胥担任公司总理，唐文治反复权衡，最后仍以张謇为总理，袁树勋为头等顾问官兼公司监督，体现了唐文治对张謇的信任。可以说，江浙渔业公司是张謇与唐文治密切合作的产物。光绪三十一年（1905年），张謇又向唐文治提出在渔业公司附近“设水产、商船两学校”，以培养渔业、航运人才的建议，得到唐文治的响应。但最终张謇与唐文治都颇感创业艰难，张謇对“政府顽固如此”强烈不满，而唐文治则“知天下事已不可为”，在光绪三十二年（1906年）以母亲病逝为由辞去京职回家居丧。

张謇之后创立江苏学务总会（后改称江苏教育会），担任了四年会长。宣统元年（1909年）教育会改选领导人，张謇力荐唐文治担任会长，自己改任副会长（尽管张謇在改选时得票仍然最多）。这一方面是缘于张謇与唐文治的友情，另一方面也是出于张謇对唐文治创办上海高等实业学堂与邮传部高等商船学堂等新式教育的高度赞赏。张謇与唐文治在江苏省教育会中互相尊重，前后搭档了三年。宣统三年（1911年），张謇在北京中央教育会大会上被学部任命为会长，唐文治参加并主持了大会，张謇则以会长身份致辞。

民国建立，中华民国联合会随之成立，张謇与唐文治同被推为参议员。联合会改称统一党后，张謇任该党理事，唐文治为评议员。中国矿学会建立，张謇任名誉会长，唐文治为名誉会员。马相伯、刘灵华发起创办中华模范地方自治讲习所，张謇与唐文治同在赞助人行列。张謇发起建立苏社，唐文治亦在发起人之列。苏社成立时，张謇任理事长，唐文治为理事。1920年，张謇与唐文治等联合致电徐世昌与国务院，就江苏省长人选，呼吁“迅就苏人中择贤任命，俾尽故乡公仆之责”。翌年，张謇与唐文治等再度联合呈文徐世昌、国务院、陆军部，要求“迅照新裁江北两师之例，将其他（省份）所属军费普减四分之一，以抒财困”。1922 年，张謇与唐文治等联合致电交通部总长高恩洪，反对解散交通大学董事会，提醒“沪校学潮，舆论极为注意”“似应博采众议，速定方针，以维学务，而慰群望”。1923 年，张謇与唐文治等联合致电黎元洪与国务院，为韩国钧遭不实之词辩护，“韩省长莅任以来，尤能砥砺廉隅，孜孜求治……诚虑不根之言，淆惑听闻，用特公电陈明，俾息浮议”。1924 年，江苏兵灾善后救济会建立，张謇被推为会长，唐文治为副会长。张謇与唐文治的密切合作成为历史佳话。

张 謇 与 史量才

史量才（1880—1934），清南洋中学、育才学堂、江南制造局兵工学堂、务本女校教师，商办苏省铁路公司董事，《时报》主笔等，民国初任《申报》总经理等。20世纪著名报人。名家修，以字行。江苏松江人。

张謇与史量才相识于光绪三十二年（1906年）商办苏省铁路公司的股东大会上，张謇被推为公司协理，史量才被推为董事。两人在此期间共同参加了反对借款筑路、收回路权等运动。武昌起义爆发后，张謇、史量才开始了进一步的交往与合作。上海、苏州、通州等地相继脱离清政府而独立，全省局势混乱，张謇与史量才等积极协助程德全“移驻南京，趁此并宁、苏为一”，以统一江苏，稳定人心。1912年，民国建立，南京临时政府“亟需军政各费”，时任实业部总长的张謇“劝勿扰商，自任为筹”，赶往上海筹款，在沪上除找唐绍仪等人设法外，还找过史量才商量。经群策群力，张謇终于完成了南京临时政府的筹款任务。稍后，松江盐业“土客相争”“枭贩横行”，严重影响到当地盐业发展与绅商关系，张謇又派史量才前往协调，“本总理已委史家修办理松盐。史亦松人，办事尚有条理。该地士绅如有卓识高见，何妨与史直接商办”，一场危机顺利化解。同一年，张謇与史量才在上海策划并完成了一项影响深远的合作，两人联合应德闳、赵凤昌、陈景韩，五人集资12万元，收购了席子佩兄弟的《申报》股权，史量才出任总经理，陈景韩任总主笔。《申报》是中国近代诞生最早的一份报纸，原由英国人美查(Ernest Major)于同治十一年(1872年)创办。宣统元年(1909年)，美查将该报售与席氏兄弟。由于经营不善，连年亏蚀，席氏兄弟不久又被迫转售，张謇、史量才等遂从中获得《申报》股权与经营权(1916年又完全转归史量才个人所有)。此举不仅大大加强了张謇在新闻界的影响力，也推动史量才开始了通往20世纪著名报人的创业之路，奠定了他一生事业的基础。对于《申报》而言，张謇、史量才的这一联合行动，则开启了《申报》通往近代第一大报的革新之路与辉煌之路。张謇为《申报》题写报头，《申报》馆新屋落成，张謇致辞祝贺，《申报》50周年华诞，张謇撰文纪念。《申报》则大量登载张謇的函电、言论、诗文，广泛报道他参与的各种社会活动，并积极宣传、呼应其政治主张。

随着张謇、史量才各自事业的发展，双方交往的范围日益广泛。在实业领域，盐政讨论会建立，张謇与史量才共同加入，张謇任会长，史量才为会员；中华全国道路建设协会成立，张謇任名誉会长，史量才在发起人行列；上海各路商界总联合会成立，张謇与史量才同在名誉会董行列；张謇筹办中比航业与贸易公司受阻，史量才支持张謇续办左海实业公司以替代；张謇实施苏北王家港疏浚工程，史量才为之向华洋义赈会疏通筹款。在教育领域，中华职业教育社发起募集资金，两人同在发起人与赞成人行列；中华教育改进社董事会议上，两人同被推为筹划全国教育经费委员会委员；国立自治学院董事会议上，两人同被推为董事；暨南学校董事会议上，两人同被推为“新校舍筹备会(委员)”。他们的交往还与国内时局密切关联。1918年，主张国际税法平等会大会举行成立大会，张謇主持会议并任会长，史量才参会给予支持；1921 年，张謇呼吁支持召开庐山“国是会议”“先息内争”，史量才的《申报》遂配合在舆论上对庐山“国是会议”进行正面宣传；1923 年，淞沪警察厅长徐国梁被刺，张謇、史量才共同致电齐燮元、韩国钧、何丰林，呼吁本“互让之精神”“从容商洽”“冀达双方满意之结果”。

张謇与史量才的私交亦很为亲密。1924 年初，两人在上海共同观赏梅兰芳演出《盗合》。张謇还应邀往史量才在哈同路的“新居”参加宴会，“视其新居”，花木扶疏，假山小溪，集森林绿地、球场泳池于一体，“极华赡美备，可甲沪上”。

1926 年，张謇去世，史量才致电张孝若：“惊悉啬老于十七日仙逝，同人震悼，先此电唁。”后又撰挽联吊唁：“公抱创造奇才，事业满南通，大名垂宇宙；我列交游末座，笙歌闻元夕，小别隔云天。”

张　謇与江　谦

江谦（1876—1942），崇明瀛洲书院、江宁文正书院、南洋公学学生，通州师范学校教师，代理校长，南京高等师范学校校长等。字易园，号阳复。江西婺源人。

在张謇实践“教育救国”的过程中，江谦做出了很大贡献。张謇对江谦有过如下表述：“仆为世界公益至弃家不顾，舍儿不顾……其真能悯我而为我者，退翁外，老弟与易园（江谦）数人耳。”可见江谦在张謇心目中地位之重要。张謇与江谦交往，始于光绪十九年（1893 年）。张謇时在崇明主持瀛洲书院，偶然发现江谦在崇明所拟文稿，叹为嘉才，随即招江入书院读书。初次见面，张謇称赞江谦：“进止温而恭，察其业，颇窥三代两汉之书。与人语，辞顺而气下，益爱重之。”光绪二十二年（1896 年），张謇改任江宁文正书院山长，江谦又随张謇前往学习，以优秀成绩毕业。张謇投身“教育救国”后，痛感新式人才匮乏，决意派遣江谦外出学习“应世之学，令谦入南洋公学”，江谦又“以高材生毕业”。张謇这些举措，为南通近代化发展作了人才储备，江谦也由此改变了人生轨迹，从学生变为张謇事业上的重要助手。其时，张謇正忙于创办通州师范学校，因在国内无先例，创办的过程非常艰辛。而张謇还得兼顾国内立宪等大事，无法将全部精力用于南通地方建设，于是“招谦助校务”。

光绪二十九年末（1904 年年初），执教通州师范学校国文课的王国维辞职离校，国文课是学校的基础课程，不能停开，张謇立即将江谦调来承担王国维的教授任务。江谦凭借自己的学术功底，很快站稳讲坛，救了国文课的场。江谦在教学的同时又协助张謇处理校务。清政府《癸卯学制》颁布后，出台了《奏定初级师范学堂章程》，师范学校原先的章程亟待修订，在张謇授意下，江谦代笔撰写了《师范章程改订例言》，提出“国家思想，实业知识，武备精神”三位一体的教育方针。光绪三十二年末（1907 年年初），学校监理马晋羲因故辞职，张謇遂命江谦接替监理职务，江谦实际上担当起了学校的管理工作,并在此岗位上长达七年。宣统元年(1909 年），江谦将张謇历年来写给他以及学校其他管理人员的手札编印成《教育手牒》刊行于世，又送达“全省各学堂成绩展览会”展览。《教育手牒》记录了张謇呕心沥血创办通州民立师范学校的过程，也记录了两人在办学过程中的密切合作与交往。1914 年，张謇在北京担任农商部总长兼全国水利局总裁，无暇兼顾通州师范学校，江谦又成为代理校长，全面负责学校事务。在张謇、江谦的引领下，通州师范学校在学科、实验室建设，教育实践培养模式确立等方面成绩斐然，声名远播，吸引了国内外各界人士前来参观考察。1920 年，美国哲学家杜威抵达南通参观了通州师范学校和其他各校，感慨道：“南通为中国建设师范最早之地……其最足印吾心目中者，厥惟师范教育。”“南通者教育之源泉，吾尤望其成为世界教育之中心也。”1915 年，社会各界在两江师范学堂基础上创办新师范学校的呼声很高，经张謇推荐，江谦又被韩国钧与齐耀琳任命为南京高等师范学校首任校长。在江谦的精心管理下，该校与北京高等师范学校、武昌高等师范学校、广州高等师范学校并列为国内创办最早的四所高等师范学校，并为日后南京大学、东南大学、南京师范大学的建立奠定了基础。江谦担任南京高等师范学校校长后，仍然兼任通州师范学校代理校长，这体现了江谦对张謇教育事业的忠诚。如同张謇是通州师范学校的终身校长，江谦亦是通州师范学校的终身代理校长。

张謇平日对江谦充满关爱之情。宣统三年（1911 年），张謇赴北京，江谦陪同北上。在北京，张謇携江谦参加了中央教育会大会，并嘱江谦以个人名义向大会提交议案。江谦体质较弱，身体每有不适，张謇总是谆谆告诫："弟病大都本质不富，而耗精神于思虑太多，宜于读阳明书外，旁览楞严经，外服鸡牛汁，从容以熸火，休息以滋水，毋过虑也。"农历正月是家人欢聚的时刻，凡江谦有事留守南通，张謇往往邀他来南通城内或海门常乐镇家中，置酒招待。有几回，张謇还携江谦登狼山观"烧野火"，共度元宵节。江谦已融入了张謇的家庭，他们是师生，是战友，亦是一家人。

张　謇 与 费璞安

费璞安（1878—1969），早年赴日本留学，毕业于东京宏文学院师范科。回国后在通州师范学校任教，又任吴江县议会议长。民国后任江苏省教育厅第一科科长（曾代理厅务）、省视学等。名玄韫或玄煴，以字行。江苏吴江人。

张謇与费璞安的交往始于宣统元年（1909年），应张謇之邀，他到南通担任通州师范学校史地教员。费璞安尽管在通州师范学校任教仅有一年时间，仍然对南通留下深刻印象，尤其对张謇充满敬佩之情。费璞安恰于此时初为人父，便特意为儿子取名“孝通”，以感念在南通的这段人生经历。宣统三年（1911年），费璞安当选为吴江县议会议长，并尝试在家乡创办新式学校，在办学实践中努力传播南通教育经验。1918年，费璞安以江苏省检定小学教员第五路考核检定委员身份回到南通，对通州师范学校教师进行考核。费璞安后来又担任了江苏省教育厅视学，在往各地学校视察中积极宣传“苏省发达之区”南通的教育现象，希望各地向南通学习。

1926年，张謇去世，费璞安拟挽联吊唁：“逊清末造，民国初元，文章事业若先生，历史应留一席地；绩著南通，名垂东亚，尽瘁鞠躬图自治，遗泽当传万口碑。”

费璞安一生感念南通，敬佩张謇，并将这种情感传递给儿子费孝通。

费孝通（1910—2005），著名社会学家、人类学家、民族学家、社会活动家，第七、八届全国人大常委会副委员长，第六届全国政协副主席等。

1985 年，费孝通专程来到父亲执教过的南通师范学校看望师生员工。1989 年，费孝通在张謇的“状元捷报”长轴上题词：“承旧开新途，欧风日向东。废灶更植棉，创学兴农工。神州春雷鸣，后世有所宗。愧对乡先哲，青史留事功。”高度评价张謇在实业、教育上取得的成就。提起父亲当年为自己取名的陈年往事，费孝通则称：“家父自东瀛归，受季直先生之聘执教南通，不肖此时入世，以通为名亦所以有待于后继者也。弹指八十寒暑而现代化尚在初期，世纪易转事功，唯称愧对前贤知所自勉焉。”今日读之，感慨万千。

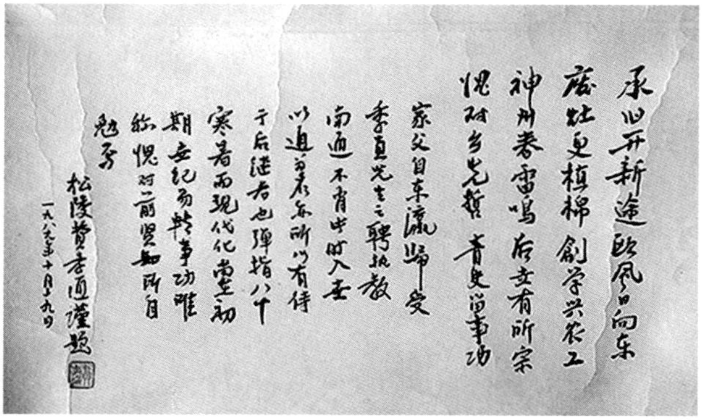
承旧开新途欧风日向东
废灶更植棉创学兴农工
神州春雷鸣后世有所宗
愧对乡先哲青史留事功
家父自东瀛归受
季直先生之聘执教
南通不肖此时入世
以通为名亦所以有待
于后继者也弹指八十
寒暑而现代化尚在初
期世纪易转事功唯
称愧对前贤知所自
勉焉
松陵费孝通谨题
一九八九年十月九日

费孝通在张謇状元捷报上的题字

张　謇　与　丁文江

丁文江（1887—1936），清末往日本、英国、法国留学，民国任工商部矿政司地质科科长、农商部地质调查所所长、名誉所长、淞沪商埠公署总办等。著名地质学家。字在君。江苏泰兴人。

张謇与丁文江的交往始于何时？丁文江说：“曩留学日本时，张先生赴日，闻吾学法政，颇不谓然，令改习他科。”这段话不仅说明两人是在张謇于光绪二十九年（1903年）赴日本考察时相识的，而且解释了自己日后为什么改学地质的缘由。1914年，张謇担任农商部总长兼全国水利局总裁期间，丁文江是张謇的下属，张謇上任之初，就于2月19日发布“农商部委任令第四十七号”，任命“丁文江充矿政局地质调查所所长”。地质调查所是近代中国最早一所地质研究机构，丁文江由此成为中国地质学的奠基人。在张謇的直接领导下，丁文江注重制定地质调查所的办事细则、会计细则，并重用德国技师梭尔格等外聘人才，推动地质研究工作走上正轨。1915年下半年，张謇辞职南归后，仍然一直关注着丁文江与地质调查所的情况。1922年，风闻农商部欲以“无用”为由裁撤地质调查所，张謇即联合蔡元培、郭秉文等拟文致当时的农商部，“历述地质调查所历年办理之成绩，以及对于国内学术文化之特别关系，又在国际上各种信用。盖诚恐农商当局不察内容，于裁并机关之际，一并将该所裁撤”，挽救了处于幼年状态的地质调查所免于夭折。

1918 年 12 月，丁文江随梁启超赴欧洲考察，并列席巴黎和会，张謇往上海哈尔登饭店参加欢送梁启超一行的集会并致辞。1920 年 4 月，张謇偕梁启超、丁文江在北京创办共学社，共学社以“培养新人才，宣传新文化，开拓新政治”为宗旨。尤其是 1922 年 8 月，在张謇大力支持下，中国科学社得以在南通召开第七次年会，丁文江亦到南通参会。丁文江在会上作了“云南东部地质之结构”与“历史人物与地理之关系”两篇学术报告，还参观了南通的实业、教育、慈善等事业。

1926 年，张謇去世，丁文江致电吊唁：“闻啬老仙逝，不胜惊骇。老成凋谢，并世同悲，属在旧僚，弥深结念。”丁文江还在江苏省教育会召开的张謇追悼大会上发言：“（张謇）以天下为己任，而效力于事业……以读书之人，营天下之事，故为常人所难能。此后事业之责，在吾辈后生，尤当致力所学，而从事于事业之建设焉。”

张　謇　与　竺可桢

竺可桢（1890—1974），中国气象学会理事、副会长等。著名气象学家。字藕舫。浙江绍兴人。

1922 年 8 月，中国科学社在南通召开第七次年会，竺可桢应邀到南通参加会议，张謇在会议期间与竺可桢相见。张謇虽不专攻气象学，但重视气象与国计民生的关系，在推动中国近代气象事业发展方面成果斐然。

1916 年，张謇在南通军山建气象台，“建筑期凡二十有三月，用费凡七千六百圆有奇”。日本学者藤原咲平称：“中国自有之气象台，只有二处，一为北京中央气象观察所，一为南通张季直所办者。”事实上，中国第一个由国人自办的气象台是张謇创办的军山气象台。张謇与中央气象观察所的关系亦很密切，国内学者蒋丙然称：1914 年“南通张季直先生长农商部，即在西直门外农事试验场设立气象观测所，以汤襄任所长，并通令全国农学校及农事试验场设立气候测站，此为吾国人注意农业气象之始基”。尽管张謇与竺可桢相见较晚，但竺可桢熟悉张謇上述成就，并对张謇非常钦佩。1921 年，竺可桢在《论我国应多设气象台》一文中称：“反观我国，除中央气象台而外，惟南通张季直先生所设之军山气象台而已。”竺可桢在中国科学社第七次年会上所作《飓风》学术演讲时，更介绍了他在南通参观访问中的所见所闻，对张謇在南通民众中普及气象知识，科学引导防灾自救赞不绝口：“这几年长江下游常有飓风，所以一般社会对之非常注意，上海各报每逢飓风来时，即预先登有报告。近日南通街上到处贴有‘可怕之飓风又要来了’的警告，并且有飓风组织的说明，这也可以称为南通的特色。因为在公共处所用文字图画来报告气候，在欧美都邑是常有的事，司空见惯不足奇，但在中国，恐怕南通还要算首创呢。”

张謇还注重加强与气象学家与气象学会的联系。1922 年，中国科学社拟召开第七次年会，原定的年会地点广州因为局势动荡无法举办，张謇闻讯后欣然邀请科学社到南通开会，并承担了年会的全部会务工作。1923 年，中国气象学会尚未建立，气象学属于中国天文学会研究的范围。张謇以军山气象台的名义致电中国天文学会第一届年会表示祝贺：“我国天文学术，尚在幼稚时代，贵会组织成立，为天文学放大光明。兹当第一届年会，诸同志广事译述，共谋发展，不胜仰企，谨电致颂忱。”1924 年，中国气象学会成立，张謇任名誉会长，蒋丙然任会长，竺可桢任理事。1925 年，中国气象学会举行第一届年会，蒋丙然续任会长，张謇续任名誉会长，竺可桢改任副会长。

张　謇 与 过探先

过探先(1886—1929),南洋公学学生,美国威斯康星大学、康奈尔大学农科学生。回国后任江苏省立第一农业学校校长、国立东南大学农科教授。中国科学社、中华农学会发起人，近代著名农学家。字宪先。江苏无锡人。

张謇与过探先交往，缘于两人都重视用科学技术改造中国传统农业。1915 年，过探先在美国康乃尔大学参与发起创办科学社（后改名中国科学社），随后回国往南京，任江苏省立第一农业学校校长与科学社南京支社总干事，开始将传播科学技术与精神的重点放在国内。1916 年夏，过探先听说南通开风气之先，“夙负中国模范县之誉”，张謇又是这座城市的总设计师，遂专程来到南通拜访张謇。因志同道合，两人谈的很好。张謇同意在南通建立“（科学社南通）支社”，并指定孙观澜为南通与科学社方面的联系人，过探先十分欣喜。经过近半年的筹备，科学社南通支社年末于南通花竹平安馆举行成立会，孙观澜报告“中国科学社改组始末及南通支社设立之必要”，并通过支社会章，选举张孝若、孙观澜、范幼兰为干事,张孝若为总干事。“到会者共二十余人,(包括)纺织学校、农校、师范学校、医学校等各教员。”科学社南通支社是张謇与过探先交往中最早取得的一项成果，南通亦成为了国内最早建立科学社支社的城市（支社稍后改称社友会）。此后七八年中，两人围绕科学社以及改良农业展开了一系列交往。1917 年，过探先在上海参与发起创办中华农学会（事务所设在苏州），王舜成为会长，张謇被推为名誉会长。同年，张謇为过探先担任编辑的《科学杂志》第 3 卷第 1 期题写“启论新知”，盛赞科学技术与精神在救国事业中的作用。同年，在中国科学社于美国罗得岛州布朗大学举行的第二次年会上，由于张謇对科学事业的提倡与支持，加以过探先等人的建议，张謇被推为名誉社员。1919 年，张謇关注中国科学社在杭州举行第四次年会，致电祝贺：“惟祝社务昌峨，志愿克达。敬此奉祝。”1920 年，鉴于中国科学社的办公场所过于逼仄（一度借过探先住宅开展社务活动），张謇致函徐世昌，呼吁民国政府改善中国科学社的办公条件，并为其建立图书馆提供方便。1921 年，张謇于黄海海滩建立五公司农事试验场，在垦区推行改良棉花品种的计划，聘请过探先主持试验场，并聘“王櫆升、叶识两君为试验场技术员”。1922 年，张謇邀过探先、王金吾等来南通宣传改良传统农业，又邀他们“考察（五公司农事试验场）土质，并研究历年金钢钻虫为害之情形”。同年，在张謇的支持下，中国科学社第七次年会在南通举行，过探先再次来到南通参会，并再次前往黄海海滩考察。年会结束后，过探先发表《通泰两属之盐垦事业》，对张謇在黄海海滩建立盐垦公司，推行综合改造作出了极高评价：“南通之著闻，以实业之发达，而实业之中，范围广而影响大者，莫过于盐垦；”“南通之著闻，以教育之普及，而教育之有实惠者，莫若盐垦公司之国民学校；”“南通之著闻，以自治之成绩，而自治成绩之优良，以公司之各区为最；”“南通之精神，在实业，在教育，在自治，而其精神之所寄，则在盐垦各公司。”“盐垦各公司，不仅为南通精神之所寄，抑亦为全国农业发展之命脉。”

张　謇 与 杨杏佛

杨杏佛（1893—1933），中国同盟会会员、中国公学学生、美国康奈尔大学留学生，中国科学社发起人，《科学》杂志编辑。又名杨铨，字宏甫，号杏佛。江西清江人。

光绪三十四年（1908 年），杨杏佛进入中国公学就读。张謇参与创办了中国公学，又担任过公学董事长，故自杨杏佛跨入公学的校门起，张謇与杨杏佛即形成了师生关系。后来，杨杏佛去美国留学，于 1915 年在康乃尔大学参与发起成立科学社（后改名为中国科学社），并创办《科学》杂志。而张謇于 1916 年在南通成立了中国科学社南通支社，并在 1917 年科学社于美国罗得岛州布朗大学召开的第二次年会上，被推举为名誉社员。1919 年，张謇致电祝贺中国科学社杭州年会的召开："惟祝社务昌峨，志愿克达。敬此奉祝。"尤其是在 1920 年，张謇致函民国总统徐世昌，吁请批准将江宁县城成贤街文德里官房作为中国科学社的社所与图书馆。可见，中国公学、中国科学社是张謇与杨杏佛交往的纽带。

1922 年，中国科学社第七次年会在南通举行时，因社长任鸿隽未能参会，杨杏佛代行主持年会的各项活动。杨杏佛此前未到过南通，但在张謇的全力支持下，年会的各项活动都得到妥善安排。年会的开幕式安排在更俗剧场内举行，场面盛大，张謇亲自参加并致欢迎词；社务会议安排在南通俱乐部举行，由中国科学社“职员报告一年来社务之经过”，并“讨论修改章程草案”；学术演讲则安排在南通各界人士时常举办大型活动的通崇海泰商务总会大厦举行；参会科学社学者的住宿，亦统一安排在南通俱乐部。上述三个场所，是南通条件最好的活动和住宿场所。南通俱乐部“极精雅”，中国科学社学者是其对外接待的第一批贵客。年会余暇，张謇还邀请杨杏佛以及中国科学社学者前往参观南通的实业、教育事业以及狼山风景区。杨杏佛等人所到之处，均受到热烈欢迎。杨杏佛因此对张謇以及南通充满感激之情，游览狼山时表示：“此次年会于南通举行，南通诸社员颇为辛苦，招待之周至，实为历次年会所未有。今日山林游览之余，更饷吾人以盛筵，实足以令吾人感激无已。”

年会结束后，由杨杏佛撰写的“中国科学社第七次年会纪事”长篇文稿在《科学》杂志上发表。张謇、杨杏佛在年会上的交往虽然只有四五天，但作为实业家与科学家联手推动中国近代化的一个显例，张謇与杨杏佛的交往将为人们长久记忆。

张謇在南通城西秀美的濠河之畔建造的高级宾馆——南通俱乐部

张　謇与胡　适

张謇比胡适大38岁，并非同代人，但张謇对这位后来者的影响很大。

胡适曾进入张謇参与创办的一所学校学习。光绪三十二年（1906年），15岁的胡适考入位于上海吴淞的中国公学，成为公学最早一批学生中的一个。上年末，日本文部省颁布《取缔清国留日学生规则》，中国留日学生因反抗这一“规则”愤而回国。为解决这些学生的继续学习问题，立宪派与革命党人共同创办了中国公学。张謇不仅参与了创办，还担任过学校的董事长。胡适在中国公学度过了三年多的求学生涯，他十分看重这段人生经历，曾说“我若不进中公，后来的发展方向当不同”。1912年年初至1913年上半年，孙中山、张謇以及中国公学其他董事，联合呈文袁世凯、熊希龄，要求政府为中国公学筹集办学资金。胡适去美国留学后于1917年回国，若干年后一度回到母校担任校长。没有孙中山、张謇的努力，就不会有民国后中国公学的继续发展，作为校长的胡适熟悉学校的历史，对其创办人与董事长张謇充满着感激与敬仰之情，自称是一个“爱敬季直先生的人”。

1923年年初，张謇与胡适同时入选上海《密勒氏评论报》评选的“中国现时生存之最伟大人物十二人”名单，并肩出现在国人的视野中。这十二人依次是：孙中山、冯玉祥、顾维钧、王宠惠、吴佩孚、蔡元培、王正廷、张謇、阎锡山、余日章、黎元洪、胡适。

胡适目睹了张謇践行实业救国、教育救国的艰辛，见证了张謇事业的成败，深入思考了张謇在近代中国历史上的地位。1926 年，张謇去世。三年后，张孝若撰写《南通张季直先生传记》以纪念父亲的一生。书稿出版前，张孝若邀请胡适为传记作序，便有了胡适序中一段广为流传的对张謇的评语："张季直先生在近代中国史上是一个很伟大的失败的英雄，这是谁都不能否认的。他独立开辟了无数新路，做了三十年的开路先锋，养活了几百万人，造福于一方，而影响及于全国。终于因为他开辟的路子太多，担负的事业过于伟大，他不能不抱着许多未完的志愿而死。这样的一个人，是值得一部以至于许多部详细传记的。"

胡适虽然没有与张謇直接交往过，但却是最了解张謇并深知张謇的隔代知己，讲出了许多人没能讲透的话。张孝若称，胡适是病中为书稿写序的。胡适自称，他是熬夜完成这篇序言的。

张　謇与吴昌硕

吴昌硕（1844—1927），西泠印社社长，上海书画协会会长等。近代著名国画家、书法家、篆刻家。初名俊，又名俊卿，字昌硕等。浙江湖州人。

吴昌硕集诗、书、画、印为一身，融金、石、书、画为一炉，张謇对诗书的造诣亦极为精深，张謇与吴昌硕的交往，实为两位大家之间的互相交流与欣赏。

张謇与吴昌硕的第一次交往是在1916年4月。吴昌硕应张謇所求，为狼山风景区题写了“磊落矶”与“小磊落矶”两幅字，此举与张謇在狼山北麓建林溪精舍有关。“民国四年二月，謇长农商部，规于山南治场试验植棉，决通沟渠，以吐纳潮夕。越岁，复度于山北购地，辟溪一百六十余丈……故名以林溪。”林溪精舍因傍溪而建得名，景致极为宜人。精舍西侧溪畔有大、小两块落石，吴昌硕题写的“磊落矶”与“小磊落矶”就分别镌刻在两块石头上，张謇则在“磊落矶”背面镶刻有《新辟林溪记》。张謇与吴昌硕两位大家的作品在此交相辉映，又与狼山的自然风光浑然一体。

1923年，吴昌硕八十岁寿辰，张謇赋诗祝寿：“吴兴逸民传，沪犊缶庐翁。身世因时左，声名与海东。常将书作画，自以笑为聋。介酒饶贤子，深衣独古风。”同年，张謇偕俞吟秋、金泽荣等发起成立南通金石书画会，旨在“研究金石书画，发扬国粹，表征道艺，互通消息，便利研究”。张謇不仅集合本地书画学者，而且盛邀各地名家加盟，吴昌硕欣然参加。金石书画会成立后，编辑出版《艺林》旬刊。翌年，张謇、韩国钧的书法作品，以及“吴昌硕题《桃园图》”，同在《艺林》旬刊第 13 ～ 14 期上发表。1926 年，海上书画展览会于上海举办，张謇的书法作品亦受邀参展，并在展览会上与吴昌硕同受好评。据《申报》报道：“（5 月 19 日）观众更形挤拥，计到者有徐悲鸿、钱化佛、黄警顽多人……而陆廉夫、张啬庵（謇）、吴昌硕、郑苏戡（孝胥）、吕十千、陈文潞、陶勉庵、陆抱景等之作品，尤得观众之热烈欢迎。”

1926 年，张謇去世，吴昌硕拟挽联吊唁：“许吾为金石精神，自媿衰年，有道乃先书墓碣；救世曰棉铁政策，纵更世变，此语可长悬国门。”

张　謇 与 梅兰芳

张謇平生喜爱京剧、昆剧，曾在日记中记载，1912 年年末在上海与赵凤昌、狄葆贤连续三天互邀观剧。张謇第一次观看梅兰芳演戏是在 1914 年 10 月，张謇当时在北京担任农商部总长兼全国水利局总裁，而梅兰芳时年 20 岁，已以演技名动京城。张謇看完戏后与梅兰芳见面，赠梅兰芳一幅对联："豫章七年，芳兰九畹；明珠六寸，玉树一丛。"事实上，早在光绪三十一年（1905 年），张謇即闻知梅兰芳祖父梅巧玲的"义伶"佚事，自然对这位梨园子弟有了一份关切奖掖之心。张謇再次观看梅兰芳演出在 1915 年 7 月，张謇连赋两诗相赠，诗云："千人得笑都成趣，一艺传名信不凡。""最怜一段幽娴意，似不能亲却是亲。"表明对梅兰芳的艺术欣赏更添了几分。此后，张謇与梅兰芳的来往愈加密切，张謇称梅兰芳为"畹华小友"。不久，袁世凯图谋复辟帝制，张謇反复规劝无效后毅然辞职，匆匆离京前，仍不忘赴梅宅与梅兰芳话别。

1916年上半年，时局动荡，南北阻隔。至6月，袁世凯病逝，尘埃落定，张謇得以在上海两次邀约并宴请梅兰芳。在沪期间，张謇又一次观赏了梅兰芳的演出，除高度赞赏外，还向梅兰芳提出一些改进表演细节的意见。梅兰芳在上海演出大获成功，沪上舆论追捧之极，张謇则告诫梅兰芳，"众人极赞浣华之时，即老夫极惜浣华之时”，提醒他不要在这五洋杂居之地、人聚财聚恶聚之海久留而迷失自我。梅兰芳听从了张謇的意见，返回了北京。1917 年 7 月，北京因张勋上演复辟闹剧再次陷入混乱，张謇担心梅兰芳的安全，特询问:“京师纷扰极矣，加以兵氛，居民何堪，子为众注目，何以不早作计？”

张謇自返回南通后，致力于“地方自治”，推动实业、教育与社会改良快速发展，南通由此赢得“模范县”称号。张謇心怀家乡先行，示范全国的宏愿，凡“模范县”应该有的“配件”，努力落实让其“一个都不少”。对于戏剧，张謇认为“国之社会不良极矣”，而欲“改良社会，文字不及戏剧之捷”。又认为，传统戏剧存在许多弊端，创办戏剧学校，培养新一代演员，并创办新式剧场，为戏剧学员提供实践场所，可作为戏剧改良第一步。张謇致函梅兰芳，热切盼望梅兰芳到南通“助我成也”。1919 年 11 月，张謇亲自督建的伶工学社与更俗剧场在南通相继落成，欧阳予倩应邀任伶工

1922 年 6 月 19 日张謇与梅兰芳等人在南通博物苑味雪斋合影。左起：姜妙香、姚玉芙、梅兰芳、张謇、王凤卿

梅兰芳在南通更俗剧场演出《贵妃醉酒》剧照

梅兰芳在南通更俗剧场演出《黛玉葬花》剧照

学社主任。张謇特在更俗剧场内辟一屋，取名“梅欧阁”，对梅兰芳与欧阳予倩“会通”南北流派，共谋戏剧繁荣寄予莫大希望。1920 年 1 月，张謇派“大穌”号轮船将梅兰芳一行从汉口接至南通，张謇在更俗剧场门前举办了盛大的欢迎仪式。梅兰芳与欧阳予倩首次同台演出，连演十一场，南通为之倾倒。张謇观剧不仅一场未缺，还组织当地一批文人为演出赋诗，不久汇编成《梅欧阁诗集》出版发行。梅兰芳在南通期间还参观了大生纱厂、南通博物苑、林溪精舍、东奥山庄等处，“畹华一一细观，必详询所以，啬公亦不惮指导之烦”。此行给梅兰芳留下满满的感动，梅兰芳感慨道：“人生难得自知己，烂贱黄金何足奇。毕竟南通不虚到，归装满压啬公诗。”嗣后，梅兰芳又分别于同年 5 月和 1922 年 6 月两次到南通演出。第三次在南通期间，张謇还亲自陪同梅兰芳参观了伶工学社。梅兰芳后来回忆道：“在那时的南方，这个科班的设置，是开风气之先的，唯一的一个训练戏剧人才的学校。”

1924 年 1 月，张謇赴上海参加淞沪港务会议期间，又连观梅兰芳三剧，之后，向梅兰芳反馈了详尽的改善建议。张謇又应梅兰芳所求，作长篇《后洛神赋》，让梅兰芳从观众角度了解自己在舞台上的“洛神”形象。得知梅兰芳计划赴美国演出，张謇为其拟定出行要点，从出访宗旨、组团名称、剧目编排、人员选定、乐器选用、服饰规范、财务保障等多方面给梅兰芳提出了建议。“赴美剧团组织不易，姑以必大言、度大要，约举如下：一、宗旨：此行为名为利，须先审定。即云为名，为一人之名？为一国之名？须先审定。为一人之名则助少效薄；为一国之名则助多效大，须审定。一、名称：须能代表一国之美艺……。”

1926 年，张謇去世，梅兰芳拟唁电：“太翁仙逝，至深哀悼。”中华人民共和国成立后的 1959 年，南通为更俗剧场“梅欧阁”落成四十周年举行纪念活动，梅兰芳挥笔写下：“忆昔我与欧阳子，后先见招皆莅止。粉墨生涯二人同，笙簧格调诸公喜。有乡先生能赏音，折节交到忘年深。为题小阁挥巨笔，欲使铨才登艺林。”深深缅怀自己和欧阳予倩与张謇之间的忘年情谊。

张 謇 与 欧阳予倩

张謇与欧阳予倩的交往始于1919年。当时的南通，实业、教育发展处在鼎盛期，事业的成功，激发起张謇利用戏剧改良社会的决心。因为梅兰芳在北京，离南通较远，而欧阳予倩在上海，张謇便邀请欧阳予倩到南通会面。张謇先观看了欧阳予倩演出的《黛玉葬花》等剧，颇为欣赏，“闻歌白发为停杯”。又与欧阳予倩畅叙，张謇所持“戏曲不仅繁荣实业，抑且补助教育之不足”的主张，亦得到欧阳予倩的认同。张謇认定欧阳予倩“文理事理皆已有得，意度识解亦不凡俗，可任此事”，热忱欢迎欧阳予倩参与南通的戏剧改革，并给予他很高的待遇。欧阳予倩到南通前，张謇已酝酿创办以培养新式演员为宗旨的戏剧学校“伶工学社”和建设新型剧场“更俗剧场”。欧阳予倩抵达南通后，张謇除了继续在本地招收戏剧学员外，还派欧阳予倩往北京等地招生，往上海聘请吴我尊、徐半梅、薛瑶卿等教职员和演员，以充实学社师资力量。张謇又派欧阳予倩去日本考察日本戏剧与剧场情形，以资借鉴。按照双方的共识，“伶工学社是为社会效力之艺术团体，不是私家歌僮养习所”，“是要造就改革戏剧的演员，不是科班”。伶工学社坚持京剧、昆剧、话剧兼容并蓄，坚持学习与演出相结合，除开设专业课程外，还开设国文、算术、历史、地理、音乐等文化课程；教学方法废除“火逼开花”，用循循善诱代替体罚；学员则男女兼收。伶工学社的校徽为五线谱底纹上立钢笔、毛笔各一枝，取中西合璧之意。张謇亲任伶工学社董事长，张孝若任校长，欧阳予倩任主任，负责具体社务。伶工学社“行开学礼时，张（謇）先生到社训话……上午学戏，下午上文化课”。更俗剧场仿上海九亩地新舞台剧场风格，由孙支夏设计，欧阳予倩审定，上海邬松记建筑行承建。舞台引进新式布景设备，音响效果极佳。场内宽敞通风，观众席分楼上楼下两层，拥有1200多个座位。欧阳予倩曾说：“剧场很拢音，在楼上楼下最后一排都听得很清楚，而且比上海的大舞台、第一台、天蟾之类的舞台都适用。”张謇与欧阳予倩还分别拟《剧场缘起》《剧场规约》，对剧场的演出内容、表演形式作出规定，以体现“更俗”，即“除旧俗，立新风”的精神。两人对剧场管理亦进行了改革，废除场内泡茶递水、叫卖烟糖等旧俗，“有几位穿红坎肩制服的服务员站在两廊，随时负责场内的清洁。如

1920年张謇与欧阳予倩、梅兰芳等人在南通合影。左起：薛秉初、张孝若、欧阳予倩、张謇、齐如山、梅兰芳、姜妙香、姚玉芙

欧阳予倩在南通更俗剧场演出《思凡》剧照

欧阳予倩在南通更俗剧场演出《馒头庵》剧照

果看到观众有唾瓜子壳、果皮等物，他们立刻拿着扫帚，走过去扫除干净”。更俗剧场开幕时，张謇亲往参加仪式，“官绅商学各界先后莅临，冠盖骈阗，盛极一时。由啬老亲自升旗，来宾致贺”。张謇自任更俗剧场董事长，薛弢、欧阳予倩分任前后台经理，欧阳予倩对前台事务亦有权过问。欧阳予倩回忆说：“那天晚上，演的是我编的五幕悲喜剧……这个戏的名字就叫《玉润珠圆》。”

伶工学社、更俗剧场既是张謇携手欧阳予倩对南通戏剧事业进行改革的结晶，又成为双方进一步繁荣南通戏剧事业，彰显南通文化成就的重要凭藉。伶工学社学员经欧阳予倩等悉心教授，专业能力很快提高。1920 年，伶工学社在更俗剧场举行演出汇报会，“表演钢琴及跳舞诸艺，暨各种昆剧、戏剧”，张謇与南通绅商各界人士前往观赏，给予了极高的评价。1922 年盛夏，伶工学社又在更俗剧场举行评艺会，“由主任欧阳予倩率同社员献艺，唱做体贴入微，尤以舞曲‘盘丝洞’、歌舞及‘女起解’‘虮蜡庙’诸剧为最佳。是日来宾约九百余人，开通地艺术教育集会之新纪元”。同年，中国科学社在南通召开第七次年会，张謇第一晚即邀请与会代表前往更俗剧场观赏“伶生十二人各执西乐器当台演奏”，第二晚再邀请与会代表欣赏音乐会，与会代表为南通青年演员的多才多艺，以及南通的一流剧场感叹不已，“视昨夜在会场所奏者尤觉和美……虽上海之普通跳舞会亦恐未必能及。”

1920年年初，张謇邀请梅兰芳到南通，与欧阳予倩连续十一天在更俗剧场上演《黛玉葬花》《送酒》《爱情之牺牲》等剧目，“北梅南欧”联袂演出，京、昆、话三剧同台争艳，通城为之倾倒。张謇在更俗剧场内特设“梅欧阁”，展示梅兰芳、欧阳予倩剧照各十二幅，并撰写阁联：“南派北派会通处，宛陵卢陵今古人。”张謇还邀集黄炎培、金泽荣、袁克文等社会名流以梅兰芳、欧阳予倩的演出为题赋诗，汇编成《梅欧阁诗录》出版发行，以为纪念。张謇联手梅兰芳、欧阳予倩在南通推行戏剧改革为世人留下了难忘的篇章。

张 謇 与 弘一法师

弘一法师（1880—1942），俗名李叔同。南洋公学学生，东京美术学校、天津北洋高等工业专门学校、上海城东女学、浙江两级师范学校教师，《太平洋报》文艺编辑等。后剃度为僧。直隶天津人。

张謇与弘一法师交往，与张謇在狼山修建观音院与“赵绘沈绣之楼”有关。南通狼山北麓原有古刹观音院，到清末民初已现破败景象。张謇得子张孝若后，为报答观音菩萨“送子”之恩，自 1912 年起，在原址上先建观音亭，后又对观音院进行维修改造，到 1915 年，营造出一个全新的观音院。恰在此期间，张謇获赠浙江杭州井亭庵（旧称辨利院）住持静法收藏的一百数十帧观音画像，遂计划将观音院大殿改建为楼，用以奉藏这批珍贵的观音画像。改建工程历时三年，于 1918 年秋完工，并在 10 月 23 日（农历九月十九日）行落成仪式。楼分三重，居中矗立，成为观音院内一个引人注目的建筑群落。楼中除供奉观音画像外，还收藏了张謇另外收集的一些石刻拓片，以及女工传习所的观音像刺绣作品。张謇将此楼命名为“赵绘沈绣之楼”，意即楼中藏品以元代赵孟頫父子的画作和沈寿师徒的绣品最为名贵。

观音院改造后，院中住持僧人一仍其旧。“赵绘沈绣之楼”落成后，张謇深感原有住持僧人“太恶俗”，不放心由他们当家和保管这些珍贵画像，于是决定另觅替人。恰闻李叔同此时在杭州虎跑寺剃度为僧，法号“弘一”，张謇遂于翌年分别委托欧阳予倩和江谦，延聘弘一法师到南通主持狼山观音院院事，并一再嘱咐“李叔同须早与言”“中秋前能来最善”“名山合住名僧，方称庄严之轨”。但结果是弘一法师因故未能到南通。

谁知在张謇去世十二年后，弘一法师还是与南通观音院，以及“赵绘沈绣之楼”结下因缘。1938年，日本侵略军占领南通。为防止这批珍贵藏品遭劫受损，张謇家人秘密将其转移上海，寄存在金城银行。同年秋，张謇门生、时任商务印书馆美术部主任的费范九受张謇家人委托，以这批珍贵藏品为主，用宣纸珂罗版精印《历朝名画观音宝相》1000册，其中收录绘画120幅，绣品8幅，石刻拓片14幅，合计142幅。为画册写序的是印光法师，而手书序言的便是弘一法师。印光法师与张謇生前即是道友，而印光法师的弟子便是弘一法师，印光法师作序，弘一法师手书，堪称“双璧”，也算了结了张謇生前的一个心愿。

张　謇　与　太虚法师

太虚法师（1890—1947），俗名张沛林。早年从杨文会学习佛学，后参与创办佛教协进会、中华佛教会、觉社，主编《佛教月刊》《觉社丛书》等。浙江海宁人。

张謇与太虚法师的交往，与张謇改造狼山观音院和修建“赵绘沈绣之楼”有关。1918 年秋，张謇主持的上述两项工程完工，原先破败的观音院焕然一新。翌年，原有的住持僧人被替换，镇江金山寺的静圆（松月）法师受邀担任了新住持。静圆修持严谨，革除陋习，院事管理上亦出现了新气象。“硬件”“软件”都更新后，张謇开始考虑邀请太虚法师来院“讲经”，既为弘扬佛法，亦为观音院添彩。太虚法师早于 1912 年在南京创立中华佛教会，1918 年从日本回国后，又在上海参与创立了“觉社”，主编《觉社丛书》，翌年改为《海潮音》月刊。张謇对佛法颇有研究，与佛教中人又多交往，自然清楚太虚法师在佛教界的地位，故有邀请太虚法师来院“讲经”之举。

1919 年秋，张謇邀请太虚法师自“九月十九日”起“来院讲经三日”。“九月十九日”为观音修成菩萨，坐上莲台的日子，换算成这年的公历即是 11 月 11 日。为表示诚意，张謇以正式文书邀请，并附诗一首“先以诗请”：“此生不分脱娑婆，正要胜烦冶共和。过去圣贤空舍卫，相残兄弟战修罗。觉人谁洗心成镜，观世宁闻面绉河。师倘能为龙象蹴，安排丈室听维摩。”又于11月初派学生费范九专程往上海迎接太虚法师到南通。太虚抵达南通的前一天，张謇往狼山观音院“视察诸事”，亲自将一切安排妥当。太虚法师抵达南通后，在观音院连续开讲《法华经》，张謇第一天即“晨五时起礼佛”，并连续“去院听经”，还邀请太虚法师利用余暇“游览名胜，参观建设事业”。张謇在二十日的日记中记载：“听太虚讲《法华经》。下午五时回城。”二十一日记载：“十二时去院听经，五时回。”张謇更赋诗一首《九月十八日观音院落成新筑，延太虚讲经二日》：“别院堂依洞，乔林绀杂青。山禽余落污，庭卉送微馨。爱俗应尊佛，皈僧为讲经。坛边休聚石，我老尚能听。”

听太虚法师讲经，张謇收获颇大。五年后的1924年，张謇深陷大生企业债务危机而身心疲惫，于是读太虚法师的《维摩诘诸经讲义》，“半月来所遣，赖以解脱”。

张 謇 与 李提摩太

李提摩太（1845—1919），Timothy Richard。字菩岳，英国传教士。从同治九年（1870 年）开始在中国传教，曾在华北五省从事赈灾活动，担任过天津《中国时报》中文版主笔，后长期主持上海广学会，出版《万国公报》等报刊。参与戊戌变法运动，对康、梁维新派影响很大。

1912 年 3 月，宣统帝溥仪已发布了逊位诏书，经过南北谈判，孙中山也辞去临时大总统职务，袁世凯则走马上任第二任临时大总统，共和新时代终于开始了，社会各界普遍对结束混乱，建设强盛的新中国充满期待。3 月 30 日，张謇在上海与李提摩太见面，谈话的主题是中国的未来。张謇向这位来华传教四十多年的“中国通”请教中国通往“发达”的路径，李提摩太发表了独特见解：“中国如不能实行普及教育、公共卫生、大兴实业、推广慈善，必不能共和，必不能发达。行此四事，一、二十年后，必跻一等国；能行二、三事，亦不至落三等国。此比练海、陆军为强。”李提摩太的见解与张謇非常接近。自己的观点能从一位英国传教士那里得到印证与呼应，张謇“很为感奋激动”。李提摩太问道：“（中国）究竟有几省能试行否？”张謇“猝无以应，强答之曰：或者沿江各省州县能行者，但一时不易遍及耳”。李提摩太回应说：“有三两处作模范即善，余日望之。”张謇当时不居庙堂之高，手中无权无势，这也是他为何“猝无以应”的原因。会面结束后，张謇耿耿于怀：平时一直标榜胸怀救国抱负，纵然管不住山东、山西，老家南通为什么不能在推动中国“发达”过程中先行一步，首先建成“模范县”呢？第二天，张謇有感而发，写下《感言之设计》一文，以将南通建成“模范县”为目标进行了“设计”。“设计”内容包括教育、卫生、实业、慈善四个方面，体现了一贯的务实作风。张謇将南通建成“模范县”的行动，自清末便已经开始。但1912年张謇与李提摩太的这次见面，无疑为张謇完善“地方自治”方案发挥了进一步提升作用。张謇为此对李提摩太这个“老外”长久不忘，常常念及。

张　謇　与　杜　威

杜威（1859—1952），John Dewey，美国约翰·霍普金斯大学哲学博士，密歇根大学、明尼苏达大学、芝加哥大学、哥伦比亚大学教授等。1919 年至 1921 年在中国各地讲学，对中国教育界、知识界的影响很大。

张謇与杜威的交往，发生在杜威“中国之行”期间的 1920 年 6 月。杜威从 5 月中旬开始，在南京、镇江、扬州、常州、上海等地巡回讲学。张謇得知杜威到江苏后，便授意南通县学校联合会邀请杜威到南通演讲，于是有了杜威 6 月 5 日至 9 日的“南通五日行”，张謇与杜威亦于此时会面。

张謇主张开放主义，“吾以为人之长处，虽千里万里之遥，尚宜取法”，这是张謇邀请杜威到南通讲学的主要目的。杜威在南通期间，作了三场学术演讲，题目分别是《教育者之责任》《社会进化问题》《工业与教育之关系》。为了让杜威的演讲获得好效果，张謇将前两场演讲安排在城内设备最为完善的更俗剧场进行，第三场演讲涉及实业与教育的关系，则安排在南通工业区的唐闸公园进行。听众主要是南通各学校师生以及文化界、企业界人士。杜威作第一场学术演讲时，张謇亲自到会主持，称杜威“于世界思潮，极力浚发，又能明白中国之政治关系及教育情状，甚为难得。”“近世能以哲学灌入于政治教育者，首推美国。故美国之共和制度，实

1920年张謇（右四）与杜威（右六）等在南通合影。左三是张謇的夫人吴道愔，右三是张詧，左六是张孝若，左五是杜威的夫人

足为吾人之模范”，恳望“必能有真理之涂径，指示吾通之教员学生，而使之努力趋赴也。愿求杨枝甘露，灌溉于人人心理之中”。杜威对张謇创办的教育事业非常赞赏，高度评价说：“今日所欲与诸君研究者，即教育者之责任，是向在宁、沪尝言之，今复欲于此问题，再加研究者。盖南通为中国建设师范最早之地，故言之弥觉亲切有味也。吾人每游一处，或有名胜风景，或有历史遗迹，或为祖宗游钓之乡，或为名士产生之地，辄低徊留之不能去，即去而尤思慕及之。今兹一度游通，觉此邦文物，吾后来殆眷恋不忘。而其最足印吾心目中者，厥惟师范教育。譬之在山之泉，不过涓滴，及其奔腾于山下也，流而为瀑布，汇而为江河，浩浩荡荡，灌溉千里。南通者教育之源泉，吾尤望其成为世界教育之中心也。”

杜威自踏上南通的土地，即倍感张謇与南通的盛情。第一日参观了通州民立师范学校、女子师范学校、医学专门学校、甲种农业学校、甲种商业学校、第七中学、女工传习所、图书馆、五公园、南通医院、养老院、贫民工场等。第二日参观了林溪精舍、东奥山庄、西山村庐、棉业试验场、残废院、盲哑学校、军山气象台等。第三日参观了大生纱厂、广生油厂、复新面粉厂、资生铁冶厂、纺织专门学校、育婴堂等。杜威在南通期间还观看了欧阳予倩的演出。

“南通五日行”让杜威对张謇的印象非常深刻。多年后他回忆说：“此人为了改革而曾从满族王朝内部未能成功地但英雄般地与这一王朝作过斗争。他发现他的计划被束之高阁，他的努力遭层层阻挠之时，他隐退到他的家乡而几乎是孤身徒手地开启了工业化和经济发展的进程。据记载，他创办了中国第一座最为严谨的棉纺厂以及最早的师范学校。鉴于它们之创新，中国在此之前从未有过这类事物的缘故，他碰到了些反对的声音和降灾祸于他本人及其地区的预言。而现在，这一地区是广为著名的中国的模范城。它拥有优良的道路，汽车连接各处的农村，拥有多所技术学校，怀有对盲哑人的关怀，甚至乞丐也在这个城市绝迹了。”

张　謇 与 涩泽荣一

涩泽荣一（1840—1931），早年在日本参加过尊王攘夷活动，但因其才华出众被德川庆喜幕府重用，并作为幕府代表随团访问欧洲。回国后在明治政府内任大藏少辅等职。后弃官从商，先后创办了500多家企业，被称为“日本商业之父”。

张謇与涩泽荣一从没有见过面，但作为两国实业界的领军人物，双方互怀敬意。1914年，张謇向袁世凯汇报日本大正博览会内的中国馆情况时，特意提及中国参会实业家在日本“与彼实业家、男爵涩泽荣一等往还酬酢，(共同) 赴会 (指中国馆) 参观”一事；1922年，涩泽荣一向他的日本同行介绍张謇时，则尊称张謇为“中国实业界名人”“特别是农业，在通州一地大量经种棉花”。

1921年起，张謇的大生企业，尤其是盐垦企业陷入资金周转困境。由于资金需要量很大，张謇将借贷希望寄托在与日本资本的合作上。这一年，南通盐垦系统的新农垦殖公司，尝试通过南满洲铁道株式会社职员驹井德三向日本贷款，驹井德三认为，“这将是张謇在日本展开全面借款的一块试金石”，经其从中斡旋，这次借款获得成功。1922年8月，陈仪、章亮元、张同寿由驹井德三牵线，携带张謇给涩泽荣一的亲笔信前往日本，向涩泽荣一寻求帮助。涩泽荣一与三人面谈时称：“这是一个非常重要的问题，对于中日两方来说都是个非常有意义的工作，我自己虽然隐退下来了，但愿意为这份工作尽自己微薄的力量。”涩泽荣一当即召开日华实业协会干事会商议，并致函东洋纺织株式会社以促成此事，涩泽荣一在信中明确写道：“日本实业界应该与张謇建立关系。”但是，“日本纺织界头面人物对于与张謇合作一事却顾虑重重，反复研究讨论也没有得出一致的意见”。涩泽荣一又找日本银行总裁井上准之助议商，结果井上的态度仍然“比较谨慎”“这样涩泽荣一后来也只好表示此事还需要再做考虑”。翌年，日本发生了关东大地震，日本金融界陷入瘫痪状态，张謇借助涩泽荣一向日本借贷的希望最后落空。

但张謇与涩泽荣一的缘分并未因此中断。1923 年，张孝若作为民国政府实业专使，启程“前往欧美调查实业事宜”。张謇致函涩泽荣一：“儿子孝若去岁奉敝政府明令，派赴各国考察实业，部署筹备，今始成行。”“今藉问俗观风之便，为善邻亲仁之媒，实业取资，尤为主要。夙承知好，必荷关垂，今特令晋谒，敬致诚窾。”张孝若受到优厚接待回国后，张謇于 1925 年 4 月致函涩泽荣一表示感谢：“儿子去春在日诸辱优遇，至今心感。”“敝国人士对于棉业渐知注重，南通实业循序改进，旧观渐复。”

张 謇 与 内山完造

内山完造（1885—1959），少年时在大阪和京都当学徒，青年时成为日本“参天堂”眼店派驻上海的人员，后一直在上海经营内山书店。内山主张对中国友好，是鲁迅先生的挚友。汉名邬其山。日本冈山人。

内山完造曾三次到南通，张謇与南通给他留下了深刻印象，直到晚年，内山完造仍将南通之行称为“天堂之旅”。内山完造 1913 年夏第一次到南通，是为“参天堂”眼店作眼药宣传，即是在南通城内外张贴有关眼药的纸质“小广告”。内山完造因此走遍南通的大街小巷，亲眼目睹了充满生机的近代企业与新式学校，亲耳听闻了许多关于张謇的动人故事。内山完造说：“南通这块地方有一位伟人叫张謇，南通的‘张謇王国’闻名于世，事实是当地各种各样的文化设施都是由季直先生一手创建的。它们是南通医学院、南通农学院、狼山天文台、博物馆、图书馆、师范学校、中学校、戏剧学校等。博物馆里陈列品的品名都用日英中三国文字标出。南通还有中国最早的纺织工厂大生棉纱公司、大生油厂、电灯公司，还有垦牧公司。”“在中国，南通是一座理想的文化城市……商业活动非常活跃。”内山完造第一次南通之旅，唯一遗憾的是没能见到心中的偶像张謇。

11 年后的 1924 年春，内山完造第二次到南通。随他一起到南通的还有上海日本基督教青年会参观团约60名成员。内山完造热切提出想与张謇会面，张謇闻讯后立即同意。内山完造喜出望外，到达南通当晚即在南通俱乐部设宴，张謇、张詧以及南通官绅代表一并应邀参加，赴宴的还有在南通休假的智利公使亚西等人。“席间啬公演说南通兴办教育、实业、水利、慈善、交通等自治事业经过情形，条分缕析，颇为详尽，闻者莫不惊叹，鼓掌之声达于户外。张謇演辞中有谓日本政府对国民之政策诚为尽善，惜其对华之侵略政策未免太拙。特别指出中日亲善则两利，否则两不利。日本决不能鲸吞中国，强为之转足以自毙。”第二晚，张謇同样在俱乐部设宴招待内山完造一行，“先就俱乐部广场合摄一影，次即奏乐开会，会场悬中日两国国旗，设备甚形壮丽”。双方依次致辞，张謇则云：“今日之会，复有远客……诸位一观嗣后，但愿各国积居之士不时来通指导。”宴会结束时已是深夜，内山完造欲返回上海，张謇与之告别时又说：“诸君所业虽各不

1924年张謇（前排左一）、张詧（前排右一）与内山完造（前排左三）率领的日本青年会参观团合影

同，而为青年会会员则一。青年两字，非对待百岁老翁而言乎？然所谓青年者，应以精神为标准，非以年龄分别。人生岁数有限，而精神无穷，凡立志行事，勇往前进，蓄有一团朝气，寿虽耄耋，仍为青年也。精神长在，虽百年仍为青年，千年仍为青年。青年者何？强国之元素也！诸青年会友，非强国之元素耶。”“方今中日邦交，应蓬勃如青年时代，精神永无沦灭！”内山完造访问期间还专程到张謇的寓所拜访，张謇则就“自己如何创业”与内山完造“长谈”。这次南通之行还有两件事令内山完造印象深刻：“一是南通的农家卖给他们煮鸡蛋却不肯收钱，表现出淳朴的民风和对日宾的友好情谊。二是年逾古稀的张謇对其兄张詧极为尊敬和照顾，每次都亲自搀扶他上下黄包车。”

1943年春，内山完造第三次到南通，其时距张謇去世已经17年，而且张謇生前有关日本政府“鲸吞中国”的预言已成为现实，南通正处在日本军国主义者的残暴统治下，江城依旧，物是人非。所到之处，内山完造“陷入深深的回忆当中，汽车停在了江北兴业公司农务部前”，他认出了“这座建筑物是南通王张季直先生经营过的图书馆”；站在狼山半山腰，“突然在右下方看到了据说可能是张謇先生别墅的庭院……我的眼球被它吸引住了，脑海里浮想联翩”。在通往狼山的乡间小路上，内山完造发现路旁“有个叫‘倭子坟’，顶上有座小亭子的坟丘，稍微再往前走一点，就有祭拜同倭寇英勇作战而最终战死的曹顶的庙宇，还立着铜像”。内山完造完全明白“倭子坟”、庙宇与曹顶铜像承载着的意涵，更明白这些景物与张謇的联系。内山完造选择了站在中国人民的立场上，公开讲出了心中的感受，给予曹顶“同倭寇英勇作战”的高度评价。

张　謇 与 吉泽嘉寿之丞、森田政

吉泽嘉寿之丞（1874—1946），日本东京物理大学学生、明治大学教师、东亚高等预备学校创始人之一。清末民初到南通担任通州师范学校、通州高等小学校教师。

森田政（1880—1946），吉泽嘉寿之丞夫人，清末民初随丈夫到南通，担任海门“扶海垞家塾”与通州女子师范学校教师。

张謇与吉泽嘉寿之丞的交往，缘于通州师范学校。张謇于光绪二十八年（1902年）创办通州师范学校，因开风气之先，在国内很难找到合格教师，遂将目光转向海外。经王国维介绍，其日本同学吉泽嘉寿之丞成为了张謇最早聘请到学校任教的两位日籍教师之一。吉泽于光绪二十九年（1903年）3月到达南通，刚到学校即担任复试监试和体检等招收新生的工作。同年4月，师范学校正式开学，张謇在致辞中对吉泽等应聘到校表示了热烈欢迎：“今日通州师范学校落成之日，蒙木造（高俊）、吉泽、静安（王国维）、仲英（池文藻）、晋藩（王康寿）诸先生惠然肯来导兴教育，鄙人感怍万分。”张謇十分倚重吉泽，开学后命其担任化学、物理、算学等主干课程教授。工资按学校教师最高标准，每月给予100元，而张謇担任学校总理，不拿工资，王国维则每月70元。住宿一人独居一室，安排在校内条件最好的办公楼二楼房间。

食堂用膳时，“席用方桌，沿堂北第一排凡六席，总理、监理，及四教习各南向为首座”。即吉泽与学校总理张謇、监理王康寿同样“为首座”。吉泽任教不久，师范学校遭遇变故，日籍教师木造因对即将爆发的日俄战争极度悲观而自杀。木造自杀后，吉泽与王国维主动为学校分忧，担任了原由木造负责的几门课程。吉泽暑假时回国，光绪三十年（1904年）春，吉泽携带夫人森田政和儿子森田一郎返回南通，张謇、张詧在老家海门常乐分别设宴招待，以示欢迎。吉泽随后继续在师范学校教授课程，至光绪三十一年末（1906年年初），先后教过第一、二次本科、简易科、讲习科，以及第三次本科班等共七个班的学生。吉泽后调任通州高等小学校担任日语、柔软体操的教师。光绪三十三年（1907年）初，吉泽辞职回国。光绪三十四年（1908年）吉泽再度回到南通，任教至1914年。

森田政随丈夫吉泽到达南通后，有意在“扶海垞家塾”任教。“扶海垞家塾”是张謇在老家常乐为张氏家族子弟创办的一所“幼稚园”，张孝若当时即就读于这所“家塾”。张謇、张詧所以在常乐与吉泽、森田政会面，就是为了让森田政实地了解“家塾”以及周边环境。森田政随即在“家塾”“教授体操、算术、音乐、图画，兼习幼稚游戏之事”，亦因此成为张孝若的启蒙老师。张謇还与森田政共同编写了三首儿歌，其中《池中之金鱼》的歌词是：“风吹池面开，一群金鱼排。小鱼摆摆尾，大鱼喁喁腮。白鱼白玉琢，红鱼红锦裁。我投好食不须猜，和和睦睦来来来。”光绪三十二年（1906年）春，通州女子师范学校建成开学，张謇将森田政调往该校教授算术、体操、唱歌、图画、手工等课程。到光绪三十三年（1907年）初，森田政随丈夫吉泽回国。

吉泽、森田夫妇在南通任教期间，张謇对他们十分礼遇，他们亦努力向南通学生传输日本先进的教育理念、课程设置和科学知识。张謇通过“借才异域”补己不足，实现了推动南通近代新式教育的快速发展。

吉泽、森田夫妇在与张謇长达10余年的交往中，大大增强了对中国人民的友好感情。1914年，吉泽回国后，应松本龟次郎邀请，参与创办日本东亚高等预备学校，该校是“在日本从事中国留学生预备教育”的一所学校，旨在为大量中国留学生投考日本大学提供考前辅导。松本龟次郎是这所学校的主要创办人兼校长，吉泽则为主要参与者与执行人。该校在中国留学生中名气很大，周恩来、鲁迅、周作人、陈独秀、李大钊、郭沫若、郁达夫等都曾在这所学校学习过，学校的旧址上至今还竖立着刻有“周恩来曾在此求学”的纪念碑。吉泽夫妇的儿子森田一郎则于1947年创办京都外国语学校，这所学校如今发展成京都外国语大学。

2018年5月4日，吉泽夫妇的孙子，京都外国语大学理事长森田嘉一首次来到先人曾经工作过的南通，与张謇曾孙张慎欣实现了两个家族跨世纪的重逢。森田嘉一说：“我祖父于1914年回到日本后，充分发挥在南通学到的经验，创办了东亚高等预备学校……京都外国语大学是我父亲于1947年创办的……学校的根源可以追溯到祖父母在南通的所见所闻、所学所想，源于南通的张謇先生。”张慎欣说：“我们永远感念曾经为建设南通做出贡献的每一位先贤。”

张　謇 与 特来克

亨利克·特来克（1890—1919），Hendrik C. de Ryke，荷兰工程专门学校毕业，民国后在上海公共租界工程局任职，后担任南通保坍会驻会工程师。其父奈格·特来克曾受聘在日本治水，亨利克·特来克出生于东京。

张謇与特来克的交往缘于清末民初南通水害频发，长江沿岸坍塌严重，许多乡镇没入江中，江坍逼城。1916年，张謇、张詧嘱南通保坍会与特来克签约，聘其为保坍会驻会工程师，负责长江沿岸筑楗和修堤工程。特来克到南通时年仅26岁，张謇却对其寄予厚望。一是因为他是奈格·特来克的儿子。其父奈格在日本治水三十年，又在上海浚浦局担任总工程师，技术精深。张謇与奈格为老友，对奈格的儿子自是信任。二是因为他毕业于荷兰工程专门学校，科班出身，在水利方面受过专业培养。特来克曾经说过："鄙人曾服务于沪上公共租界工程局五载"，既有专业知识又有实践经验。三是因为他"九年前曾随奈（格）

亨利克·特来克像

工程师游历南通一次”，所谓“游历”，即到南通测量沿江水文情况，张謇与他见面交流过，对少年特来克于水利的热爱和专注留下深刻印象。特来克“旧地重来，我通士绅固异常欢迎，而德君（指特来克）对于我通，亦格外抱一种热忱，深愿为地方效力”。

特来克带来西方先进的治水理念和技术，抵达南通后立即投入工作，两三月后即完成《南通保坍计画报告书》，对长江南通段江潮的流向、流速、水流强弱形势作了分析，尤其对筑楗和修堤的保坍方案作了详细规划，让张謇非常满意。随后，特来克又踏遍南通境内各地，相继完成了《通境水利计画书》《长江下流通如一带之计画报告书》，对南通全境的水利形势了然于胸。在张謇的支持下，特来克自1916年至1919年三年间，在南通设计施工水楗十条，水闸三座，桥梁一座；主持规划水闸五座，涵洞六七座，公路三条。1918年，遥望港九孔大闸开始动工；1919年，合众闸七孔大闸图样开始设计。此外，崇明外沙（今启东市）海岸沿线的挡浪墙亦开工建设。张謇与特来克频繁交往，“方君治一事竟，或时其归，陈图述状，言缕缕中肯綮”。即特来克每当完成一项任务，总要向张謇汇报，汇报时面对水利图纸滔滔不绝，陈述既有条理又中肯，张謇轻轻拍击他的背，表示“所任工竣，必为请政府褒章”。

位于南通剑山南麓的特来克墓

1919年8月，特来克突染恶疾，英年早逝。张謇闻讯后非常悲痛，给予特来克高度评价："特来克君在通任事，非常勤慎。其于南通，凡鄙人兄弟所营地方水利工程之事，即不在楗工范围以内者，无不乐为尽力。擘画周详，公德热心，真不愧老友奈格君之肖子。"张謇安排特来克"葬于剑山之南"，除亲拟《荷兰工程师特来克君墓表》外，又为墓碑碑阳题"荷兰工程师特来克君之墓"十一个大字。1920年，张謇拟文呈徐世昌，为特来克"拟请特锡褒词，以为外国工师能勤于事者劝"。1922年，张謇致函特来克的母亲："您高尚的儿子过早地离开人世，而他又为南通州作出了如此卓越的贡献，此刻我的心情实在难以用语言来表达。"1923年，张孝若往欧美考察，张謇嘱托儿子往荷兰探望特来克的母亲。

张　謇 与 金泽荣

金泽荣（1850—1927），朝鲜李氏王朝编史局主事、内阁主事、中枢院参书官等。朝鲜近代著名的历史学家、诗人与散文家。后流亡中国，任南通翰墨林印书局编校。字于霖，号沧江。朝鲜开城人。

张謇与金泽荣的交往始于光绪九年（1883 年）。张謇因参与平定“壬午兵变”在汉城吴长庆营中，经朝鲜参判金允植介绍，得与金泽荣见面。金泽荣“见季直神宇英爽，意气磊落，笔谈如流”。张謇对金泽荣则“大为倾倒曰：‘子之诗似晚唐’，又曰：‘近体诗绝好’”。初次见面，两人互相倾慕，结为好友，张謇并赠送金泽荣福建印石和徽州松墨。光绪十一年（1885 年），张謇回国后致函金允植，请代为问候金泽荣：“沧江计安善……烦语沧江，时局方艰，朋侪阻寂，如公忠清亮素，盖不易求，幸万万善自慎卫。”光绪三十一年（1905 年），金泽荣辞去官职，携妻女从海路前往上海，“适遇季直于通海实业帐房，季直欢然相迎”。金泽荣表示：“嗟乎，吾纵不得生于中国，独不可死于中国乎？”张謇很快聘金泽荣任南通翰墨林印书局编校，“谋为赁一屋于通州南，令校书于翰墨林书局，以得衣食”。张謇如此安排，第一，与金泽荣流亡中国继续学术研究的志向较为贴近；第二，印书局位于濠河边西园旧址，景色幽雅，工作环境极佳；第三，编校工作较为清闲，工作时间且可调节，金泽荣得有余暇从事个人著述；第四，印书局编校人员对金泽荣均表示友好与同情；第五，金泽荣精于汉语文字表达，拙于汉语口语交流，于学校任教不宜，于印书局任职大致无碍。这一安排体现了张謇对挚友的深厚情意。金泽荣赋诗云："通州从此属吾乡，可似嵩阳似汉阳。为有张家好兄弟，千秋元伯一肝肠。"

金泽荣像

金泽荣在南通安居乐业，潜心从事介绍朝鲜优秀历史和文化的工作，首先编辑出版了朝鲜著名诗人申紫霞的诗集，张謇为之作序："紫霞之诗，诗之美者也。"金泽荣将诗集赠予张謇，张謇题写："此为沧江所贻，存图书馆。"其后，金泽荣编辑出版了自己的诗文集《韶濩堂集》，张謇又为之作序："吾于东国诗文亦尝略窥一二，如君者，殆东人之超群绝伦者乎。"再后来，金泽荣又编辑出版了自选集《沧江稿》，金泽荣赠予张謇并于封面题写"此是正误最精本也，复赠吾啬庵老人，泽荣癸丑"。翰墨林印书局持续大量地将朝鲜优秀的历史文化成果介绍给中、朝两国人民，在近代中国出版界独树一帜。

民国建立，金泽荣申请加入中国国籍。金泽荣此举是因为不愿接受日本的殖民统治，且自认为是汉人后裔，"得为中华民国之民，以还其本分"，更缘于与张謇的挚友情谊。金泽荣客居南通期间，张謇给予了尽可能的关心。初春时分，长江南通段的刀鱼、银鱼上市，张謇邀金泽荣共同品尝，诗词唱酬；城南狼山脚下的林溪精舍建成，张謇邀金泽荣在依山临水，林木环抱间相伴同游；中秋来临，张謇又邀金泽荣在濠河上泛舟，赏月观景；金泽荣七十岁寿辰，张謇安排在北公园观万流亭为其祝寿；金泽荣患病在床，张謇还到借树亭金宅探望，并赋“闻病抛诗叟，来探借树亭”，以示关怀。

1926年，张謇去世，金泽荣“痛念故人谢世，号哭极为凄惨”，又拟挽诗吊唁：“等霸期王负俊才，应龙飞处一声雷。纵无邓禹奇功在，足试瞿昙活手来。昌黎云与孟郊龙，文字狂欢卅载中。今日都来成一错，奈何淮月奈江风。”

张　謇与“曾门四子”

“曾门四子”，指的是曾经担任过曾国藩幕僚的黎庶昌、张裕钊、吴汝纶、薛福成四人。曾国藩好才爱士，其幕府汇集各种人才，黎、张、吴、薛是其中最为曾国藩倚重的四位饱学之士，故又称“曾门四学士”。

黎庶昌 (1837—1897)，字莼斋。贵州遵义人。

张裕钊 (1823—1894)，字廉卿。湖北武昌（今鄂州）人。

吴汝纶 (1840—1903)，字挚甫。安徽桐城人。

薛福成 (1838—1894)，字叔耘，号庸盦。江苏无锡人。

“曾门四子”中，张謇最早与张裕钊交往。同治十三年（1874 年），张謇应孙云锦邀请往江宁发审局任职并担任孙的幕僚，在孙云锦支持下，张謇利用业余时间钻研学业，以优异成绩进入南京钟山、惜阴、凤池等书院，向李联琇、薛时雨、张裕钊三位院长学习“治经读史为诗文之法”。七月，张謇往凤池书院拜张裕钊为师，张裕钊则命“读韩昌黎（指韩愈），须先读王半山（指王安石）”，两人结为师生关系。张裕钊生平淡于仕宦，自言“于人世都无所嗜好，独自幼酷喜文事”，张謇对张裕钊的学术造诣甚为佩服，从同治十三年（1874 年）到光绪二十年（1894 年）的 20 年间一直追随张裕钊。平时最喜听老师评点文章。自己一撰有文稿，即呈上请老师指点。之后张裕钊调任保定莲池书院院长，天各一方，张謇仍寻找机会前往保定，在老师家连续食宿七八天以便请教。张謇因此在治学上逐渐摆脱制艺文章的狭隘格局，接受了桐城派合义理、词章、考据为一炉的宗旨，而跻身于学术精英行列。张裕钊的书法自成一体，极负盛名。光绪六年（1880 年），张謇随张裕钊前往山东，张裕钊一路于骡车中，“辄握牙管，悬空作书”，其刻苦练字精神，给张謇留下难忘的印象。张謇遂以老师为榜样，每日临池练习，坚持不懈，书法上亦日感“见长”，日后也以雄强洞达，沉稳大气的笔法，成为了书法家。事实上，张謇从老师那里受到的影响不限于此。张謇的士大夫责任感，可从张裕钊“激扬士类”的主张中找到渊源；张謇学以致用的学习风尚，与张裕钊“临文论事”的主张很是相近；张謇“教育救国”“父教育而母实业”的理念，与张裕钊“天下之治在人才，而人才必出于学”的主张甚为一致。张裕钊亦十分欣赏张謇，对张謇“极称以为贤者”“季直裒然为南士举首”。张謇生母去世，张裕钊应邀为其撰写墓志铭；张謇父亲七十岁生日，张裕钊赋诗为贺；张裕钊七十岁生日，张謇为老师撰写寿序；张謇伴张裕钊途经扬州，师生共同游览平山堂等名胜，等等。光绪十一年（1885 年），张謇往北京参加顺天乡试，张裕钊时在京城，张謇找机会两次拜见张裕钊，寻求指导；乡试结束后，张謇又将场作送予张裕钊点评。乡试发榜，张謇高中“南元”，立即报告老师，张裕钊则很快回信祝贺，不仅赠《杜甫诗集》一部并贺银 20 两，而且拟安排“誊录事”一职，以解决张謇在京城的生活问题。光绪二十年（1894 年）初，张裕钊去世，距离张謇状元及第只有短短的三个多月时间，张謇非常悲痛：“山颓木坏，可胜慨叹，年来师友之恸，尤伤人也。”同年，张謇又撰《祭张濂亭夫子文》，给张裕钊予极高评价：“呜呼！道义橐籥，寓于文章。三代悠邈，下汔汉唐。越宋元明而昭代，纽微著于归（有光）、方（苞）。刘（大櫆）、姚（鼐）禅作，姬传尤昌。再传之盛，崒起湘乡。孕忠耿于天骨，荡元气而翕张。惟夫子之轶绝，乃尽窥其室堂。”

张謇与吴汝纶交往同样始于同治十三年（1874年）。作为孙云锦的幕僚，张謇为孙云锦草拟公私文稿从南京寄给时任直隶知州的吴汝纶，后又为吴长庆拟函寄予吴汝纶，吴汝纶阅读了这些函稿后非常欣赏稿中的文字，便去孙云锦处打听执笔人的信息。同时，吴汝纶又从张裕钊那里了解了张謇。随后，两人便开始了单独通信。《张謇日记》中记载了有关张謇、吴汝纶多次互通信函的情况，《吴汝纶全集》中也保存了吴汝纶给张謇的三封信函全文。吴汝纶和张謇交往，自是慧眼相中，爱惜人才，张謇亦钦佩吴汝纶的道德文章，执弟子礼，以长期接受教诲。加之张裕钊为张謇老师，吴汝纶便属师叔辈，关系更是亲近了一层。一方是为秀才为布衣的张謇，另一方是为进士为知州的吴汝纶，双方交往，英雄不问出处，交友不分身份。尽管到光绪七年（1881年）的七八年间，两人只是“见字如面”，但张謇仍能够成功举荐挚友范当世前往吴汝纶处担任教习。光绪八年（1882年），朝鲜发生“壬午兵变”，张謇随吴长庆往天津见张树声会商入朝平乱事宜，吴汝纶有事恰在天津，他们硬是挤时间见了面，这竟是两人间的第一次会面，一次姗姗来迟的会面。但惟其太晚，才弥足珍贵。吴汝纶稍后致函张謇，回顾会面时称：“前在天津，过从屡数。千里闻声，三年愿见，忽复瞻对，快慰何如。”从中可体现两人会面的愉悦之情。对于张謇的才情，吴汝纶则表达了十二分的欣赏：“公当为当代少陵（指杜甫）。”吴长庆凯旋回国后，谋专折向朝廷举荐张謇等，为张謇婉辞。吴汝纶获悉后，又给了张謇“真有古人风节”的点赞。光绪十一年（1885年），张謇高中顺天乡试“南元”，迎来了科举生涯中的丰收年，吴汝纶致贺函并贺银100两：“执事高文硕学，倾动公卿已久，此次褎然举首，盛流折服，非取胜临时者可比。”张謇回函致谢，回赠《施注苏诗》并宣纸与乡试场作，请吴指正。光绪十五年（1889年），张謇抵达北京参加礼部会试前夕，挥毫作书，向吴倾诉内心的苦闷：“七年橐笔往来，屑屑于江淮南北之间，尝窃自怪，不知与世上中风狂走人何与异也。”此次来京应试，只因“为家人门户目前之计”“试后无论中否，决计南归”。光绪二十八年（1902年），张謇在南通创办了国内最早的通州师范学校。多年后，吴汝纶则在创办新学的道路上奋力前行，从在莲池书院内改进教学方法，聘请日本教师任教，到光绪二十四年（1898年），呼应严复的“物竞天择，适者生存”，应邀为《天演论》作序，再到光绪二十八年（1902年），东渡日本考察教育，汇编成《东游丛录》一书，最早将日本明治维新后的教育事业以及自己的见闻思想介绍给国人。张謇密切关注吴汝纶的考察行踪，吴汝纶返回抵达上海，张謇前往会面，并认真拜读《东游丛录》，向吴汝纶取经。光绪二十九年（1903年）春，吴汝纶去世。张謇即在此时继承吴汝纶遗志，开始了自己的东渡考察日本之行，回国后又将《东游日记》出版发行。

张謇与黎庶昌、薛福成却一直失之交臂，深以为憾。光绪二年（1876年），黎庶昌在南通“筦榷务”即管理税务，大小算是南通的父母官，地理上与张謇距离很近。另外，黎庶昌与张裕钊是挚友，更是儿女亲家。这年八月，应黎庶昌邀请，张裕钊到南通与之会面，两人还共同游览了狼山，而张謇此时已拜张裕钊为师，与黎庶昌交往本在情理之中。但恰在此时，张謇在南京刚从孙云锦处进入吴长庆军幕，忙于熟悉幕务，又在南京、南通间疲于奔命，应付科考与江南乡试两场考试，张謇无法拜会黎庶昌，与黎庶昌深相结纳晤谈。

而黎庶昌之后又担任出使日本大臣，直到光绪十六年（1890年）的十余年间，大半在海外使馆任职，导致两人之间竟没得一次晤谈。

张謇与薛福成的交往最晚。光绪八年（1882年）朝鲜发生“壬午兵变”时，薛福成（时为李鸿章幕僚，张树声署理直隶总督兼北洋通商事务大臣后，暂在张树声身边）建议张树声奏请朝廷迅速出兵援助朝鲜平乱，得到张树声赞赏；张謇则随吴长庆往天津与张树声密商机要，并进入朝鲜参与平乱。两人对朝鲜问题主张一致，一在前线一在后方时有联络，都为迅速平定兵变建立了功勋。事后，吴长庆建议张树声专折向朝廷举荐薛福成、张謇等，“前事则赖薛叔耘（指薛福成）、何梅生（指何嗣焜）之规画周详，临时则赖张季直赴机敏决，运筹帷幄，折冲尊俎”，自是公允的评价。“壬午兵变”平定后，两人各奔前程。但是，张謇知道薛福成在中法战争中率部击退法舰进犯浙江镇海的胜利；薛福成亦较早获得了张謇摘取顺天乡试“南元”桂冠的喜讯，吴汝纶还对薛福成大夸张謇：“去年南元之张謇，便是佳人。”“此君幕才，尤为高出时流。”光绪十五年（1889年），张謇在北京参加礼部会试失利后启程南归，薛福成遣人挽留请候其赶来相见，并提出将资助张謇居京城旅费。但因张謇行期已定，急欲南归，两人此次会面未能实现。随即薛福成受命为出使英、法、意、比四国大臣，开始了自己的海外生涯，两人交往未能延续。

张　謇 与 “嵩山四友”

“嵩山四友”,指袁世凯1915年10月赐予徐世昌、赵尔巽、李经羲、张謇四位“故旧”的封号。

袁世凯在申令中称:“自古创业之主,类皆眷怀故旧。”“兹特颁(四位)嵩山照影各一,名曰‘嵩山四友’,……应如何优礼之处,并着政事堂具议以闻。”总统府政事堂随即议决了五项优待办法:一、免其称臣跪拜;二、赏乘朝舆,到内宫换乘肩舆;三、皇帝临朝时,四友在勤政等殿得设矮几赐坐;四、每人给以岁费2万元;五、赏穿特种朝服。袁世凯是河南项城人,嵩山位于河南为五岳之中央,袁世凯以嵩山自比为天下最尊贵之人。袁世凯在他颠覆共和、复辟帝制时,将徐、赵、李、张誉为“嵩山四友”,特殊优待,只是为了换取他们政治上的支持。但对当时人人惊羡的这些优待,张謇未予领情。张謇在南通接到全国水利局“寄二十号申令‘嵩山四友’之说”时,当即予以回绝,并拟电政事堂代呈袁世凯,坚辞全国水利局总裁一职,与袁世凯分道扬镳。稍后,张謇又将“送来的嵩山图本,交给南通博物苑陈列,已经当作古董了”。其他三人亦无一明确表态接受这一赏赐。徐世昌认为此封含有永不叙用之意,大发感慨道:“人各有志。志在仙佛之乡者多,则国弱;志为圣贤之人多,则国治;志为帝王之人多,则国乱。”李经羲则对赵尔巽称:“项城(指袁世凯)斯举,无异将吾人革职，永不叙用。” 赵尔巽反问：“公岂犹有作官之雄心耶？” 李经羲一时语塞。此三人虽与张謇拒绝的角度与原因不同，但都没有爬上“洪宪皇帝”那条“龙舟”。

帝制甚嚣尘上之际，张、徐、赵、李均没有与“嵩山”为友，但四人倒成为真正的“四友”。四人尽管所持政见不尽相同，但都视彼此为圈内友人，从而保持了较长时间的交往。张謇与徐世昌的交往，本书另有介绍。在此先说说张謇与赵尔巽的交往。

赵尔巽（1844—1927），清安徽按察使、湖南巡抚、户部尚书、盛京将军、湖广总督、四川总督、东三省总督等。民国奉天都督、清史馆总裁、善后会议议长、临时参议院议长等。字公镶，号次珊，又名次山，又号无补。奉天铁岭人。

光绪二十三年（1897 年），张謇从武昌返回南通途中，停靠安庆拜访了时任安徽按察使的赵尔巽，此为张謇与赵尔巽的第一次交往。光绪三十一年（1905 年），张謇为陈琪的《新大陆圣路易博览会游记》题写书名，因陈琪一直受赵尔巽提携，张謇此举对赵尔巽培养青年才俊的主张给予了认同。宣统二年（1910 年），三次国会请愿运动相继掀起，十七省督抚亦上奏予以呼应。张謇比较督抚各自奏章后认为，四川总督赵尔巽的奏章应居“第二方阵”之首。张謇内心非常感念赵尔巽对请愿运动的支持。宣统三年（1911 年），张謇往东北考察，在沈阳与时任东三省总督的赵尔巽会面，双方商讨了中美“合作开发”东北，筹集“二千万”资金等事项。武昌起义爆发后，张謇顺应历史潮流，转而支持共和，而赵尔巽却以“保境安民”为名动用军队对革命党人进行镇压。1912 年，民国建立，赵尔巽又草拟“东三省反对共和十二条”。当时媒体上流传“（满清）亲贵至奉，拟借外兵，与公（指赵尔巽）欲谋（东北）独立”的消息，张謇遂联合汤寿潜、熊希龄等致电赵尔巽：“现在皇帝逊位，南北统一，五大民族组织成国，凡此上下交让，皆为保全中国领土计。”“奉天接壤朝鲜，由保护而至吞并，……现在某国深恐南北统一，不利于彼，百方破坏。公亲奈何引狼入室？”“中外文册称为亡国罪魁，恐非公所出也！”这是张謇与赵尔巽事关国家民族大是大非问题上的一次重大交锋，由于张謇果断“出手”，严词警告，殷切相劝，阻断了一场分裂东北的图谋，亦将赵尔巽拉回到“大一统”的行列中。赵尔巽随后就任北京政府清史馆总裁。1917年，黎元洪、李经羲邀请赵尔巽、张謇入阁，两人均予以婉辞。1918年，段祺瑞决定对川、湘、粤等省用兵。张謇呼吁停战，进行南北谈判，在给北京政府、广州护法军政府以及各省军、民长官的电文中，赵尔巽亦在呼吁的长官名单中。稍后，北京政府希望张謇居间调停，张謇却恳“请(赵)同任调停为宜”。1922年，直奉战争爆发，张謇致电张锡銮、赵尔巽等，并请转致张作霖、曹锟、吴佩孚：“先自两军释兵始”，然后“速谋召集代表民意机关之国会”“纠纷一解，统一即成，国利民福，建设可期。”即在这一年，张謇、赵尔巽同获民国政府授予的“勋一位（一等大绶宝光嘉禾章）”。

1926年，张謇去世，赵尔巽致电张孝若吊唁：“尊公养望斗奎，归神箕尾。文章道德，名迈夫沂公；钟鼎山林，业隆乎晋国。万流失仰，四裔同悲。”

再来说说张謇与李经羲。

李经羲（1860—1925），清福建布政使、云南布政使、广西巡抚、云南巡抚、贵州巡抚、云贵总督，民国政治会议议长、参政院参政、审计院院长、国务总理兼财政部总长等。字仲山、仲轩、仲宣，号悔庵，晚号蜕叟等。安徽合肥人。

张謇早在光绪元年（1875年）孙云锦幕上，为李经羲父亲李鹤章代笔草拟过公私信函，极受李鹤章喜爱（李鹤章曾想用重金聘张謇入幕），故张謇较早便对李经羲怀有一种亲近感。宣统二年（1910 年），张謇领导的三次国会请愿运动相继掀起，十七省督抚亦予以呼应，纷纷上奏清政府，请求立即组织责任内阁。张謇研读比较督抚各自的奏章后，认为就说理透彻、全面而言，云贵总督李经羲的奏章当名列前三，位于第一方阵，从而对李刮目相看。1913 年 12 月，李经羲由袁世凯任命为政治会议议长，翌年 5 月改任参政院参政，10 月又任审计院院长。其时张謇正在农商部总长兼全国水利局总裁任上，同为官场中人又同在北京，张謇与李经羲交往多多，关系良好。1916 年，袁世凯复辟帝制失败，黎元洪开始担任大总统。该年 11 月，蔡锷因病去世。张謇呼吁中央政府为蔡锷实行国葬，又偕李经羲、梁启超等于《申报》载《（创设松坡图书馆）缘起》，以纪念蔡锷发起护国运动的功勋。张謇与蔡锷在北京时相识相交，引为知己，护国运动发生后，蔡锷还致函向张謇求助。李经羲对蔡锷更有知遇之恩，早在云南讲武堂时对蔡锷的革命活动就装聋作哑，客观上为革命党人在云南夺取政权开了方便之门。张謇、李经羲在纪念蔡锷上的联合行动，既出于各自与蔡锷的友谊，更在于双方在坚持共和、反对帝制上的观点一致。1917 年春夏，黎元洪与段祺瑞发生“府院之争”，遂罢免段祺瑞的国务总理一职，下令李经羲接替段祺瑞的职务兼任财政部总长。李经羲上任后，与黎元洪力邀张謇入阁：“兹经商承主座，拟以农商总长一席奉屈，实业为救国根本，尤公一生志愿，终始图成，端资硕画。”但张謇拒绝了，回电云：“两电均悉……謇薄劣衰退，无此宏愿，谨谢盛意，幸曲谅之。”张謇看透这是直皖两派军阀势力的权力争斗，不愿深度卷入。事实又一次证明，张謇对时局走向的判断是正确的。张勋进京后突然拥戴溥仪复辟，黎元洪引咎辞职，段祺瑞乘机复职，李经羲只当了一个星期的总理，即狼狈出局。从此，李经羲隐居上海等地，不再过问政治，双方偶有交往。1922 年，张謇、李经羲联合致电黎元洪（第二次总统任上）及国务院，以抗议民国交通部“查办上海招商局之举动”；1923 年，张謇致电李经羲等，称“导淮关系三省民生利害，（导淮局督办一职）自非审慎商榷不可”，已遵嘱请三省同乡会公推，“犹诸君子意也”。

张　謇 与 沈绣一族

沈寿（1874—1921），清农工商部绣工科总教习、南洋劝业会绣品审查官，民国南通女工传习所所长、绣织局局长等。原名云芝，字雪君、雪宧。江苏苏州人。

沈立（1864—1938），沈寿姐姐，南通女工传习所教师、所长等。字鹤一。江苏苏州人。

沈粹缜（1901—1997），沈立、沈寿侄女，邹韬奋夫人，国务院原副总理邹家华的母亲。南通女工传习所教师、苏州女子职业中学美术科主任等。字瑞贞。江苏苏州人。

张謇在宣统二年（1910 年）的南洋劝业会筹办期间初识沈寿，沈寿给张謇留下深刻印象。张謇时任劝业会研究会总干事，负责对参会展品的评审。沈寿则以农工商部绣工科总教习身份担任劝业会绣品审查官。张謇所以对沈寿刮目相看，一是沈寿以自创的“仿真绣”针法绣成的《意大利皇后爱丽娜像》广受赞誉，最后在劝业会上荣获一等奖。南社诗人王漱岩赋诗称沈寿为“针神”，诗云：“六洲生面掌中开，海国春风绣凤来。博得大素金十万，针神翻笑雪君才。”二是因为沈寿出众的的专业鉴别能力。有张伟如君向劝业会提交一件《昼锦堂记》大型绣屏，遭某“大官”漠视。张謇请沈寿鉴别，沈“见之，大诧”“展首帧”，认定为今已失传的明代“露香园顾绣”。张謇“问何以知”，沈寿答“以针法知之”，遂使这一稀世珍品重见天日。

宣统三年（1911 年），张謇赴京参加中央教育大会并被推为会长，会议间隙前往绣工科拜访沈寿，受到热情接待。不久武昌起义爆发，绣工科停办，北京局势动荡，沈寿避往天津借植物园办“自立女工传习所”谋生。1912 年，张謇途经天津时前往拜访，发现沈寿处境窘迫，拟出手相助。不久，余觉到南通求援，张謇盛邀沈寿到南通发展刺绣事业，拟付月薪 50 元。与此同时，沈寿又接到四川方面邀请，许诺月薪 200 元。沈寿经过权衡，感到“南通实业、教育有方兴之气，先生（指张謇）则平日信为可持之人”，四川恐难以持久，最终接受了张謇的邀请。1914 年，沈寿抵达南通，张謇当时在北京担任农商部总长，但为沈寿到南通后的工作与生活作了精心安排，新建的女工传习所设在私家园林珠媚园内，环境优美。沈寿稍后将往日同事逐一招来，开始了在南通的招生与刺绣、编织两科的传授。时逢美国举办巴拿马太平洋万国博览会，邀请中国参加，张謇敦促国内各省积极组织参展。沈寿感到盛会难遇，遂以身作则，日夜辛劳，发动传习所师生积极参与，完成了一批绣品送往参展。博览会上，中国参展物品获奖数量居 31 个国家之首，南通更大放异彩，光绣品一项，除沈寿的《耶稣像》荣获金奖外，还有两位教师的绣品分获银、铜奖。

沈寿像

一所创办不久的女工传习所竟然在世界博览会上连获三奖，声名大振，前来报名学艺的学生日益增多，珠媚园的空间显得有点拥挤了。1916 年，张謇辞职南归，自筹资金 3 万余元，在城西南濠河畔购地建屋，扩建传习所。新所地方宽敞，教室明亮，非常适合女子刺绣。张謇亲自担任董事长，为传习所提供资金上的保障。又引进一批优秀教师，女工传习所得以扩大招生。1918 年，张謇与沈寿联合在报刊上登载《南通女工传习所招生广告》，招收学生 130 余人，甚至包括赣、皖、浙、湘等外省学生。沈寿在教学中，根据张謇的职业教育主张与妇女实际情况，坚持以教绣传艺为主，文化课程为辅，设置刺绣、花边、织发网、编杞柳等女子实用课目，分别开设学习期限为 1 年至 5 年的速成班（丙班）、初级班（乙班）、高级班（甲班）以及研究班（本科班），培养各类刺绣人才和有文化的妇女劳动者。1920 年，女工传习所第一届本科班九名学生毕业，张謇赶来祝贺，高度评价“本科毕业生成绩及绣品已突过前人，甲、乙班之出品亦在他处之上”。张謇支持沈寿教绣传艺，还重视刺绣与手工艺品的销售与市场开发。其时，恰逢张孝若从海外考察回国，带回了中国刺绣与手工艺品在美国市场上颇受欢迎的信息，张謇嘱余觉往上海创办南通绣品公司，又在美国纽约第五大道设绣品分公司，自己则在南通建绣织总局，委沈寿任局长，计划通过南通、上海、纽约这一通道，将女工传习所的刺绣与手工艺品销往海外。此举开了近代中国刺绣与手工艺品外销的先声。沈寿绣的《耶稣像》和《女优倍克像》曾在纽约分公司橱窗内对外展出，吸引了许多美国顾客。美国女演员倍克到现场观赏时，对《女优倍克像》十分钟爱，提出愿以高价购买，张謇嘱人婉言谢绝。

沈寿到南通后，为报答张謇厚遇在工作上不辞劳累，时常生病（“肝郁症”），沈寿屡治不癒成为张謇最为担心的问题。1917 年某月，因沈寿频频发病，张謇五次前往探视，并招俞汝权等本地名医赶来诊治。俞汝权有两次是在深夜出诊,“午夜时分……接候俞医,述说病情,都由张謇亲自周旋”。张謇好友沙元炳精通医术,曾有一次药到病除解除了沈寿病状。此后,每次沈寿病情复发,张謇即电告沙元炳,并派小轮往几十里外的如皋,将沙元炳火速接到南通为沈寿诊治。此外,张謇亦努力改善沈寿的居住、休养环境,希望沈寿能早日恢复健康。张謇在西南濠河畔建成“濠阳小筑”后,即将部分房屋借给沈寿居住,后来将“濠阳小筑”西壁的“因树斋”小院落让予沈寿养病。考虑到沈寿生病夜晚需有人照顾,张謇吩咐两位女生在沈寿居室两侧住宿,以便就近照料。张謇凡有事离通时间稍长,必致函问候沈寿。一次,张謇在常乐镇老家听说沈寿病情缓解,十分高兴,随即致函祝贺:“痛止便好,饭缓吃无妨。家中有苏产陈冬仓米,正合病后粥饭之用。”并附《喜闻雪君病愈》诗,云:“尊素堂前甫下车,剖鳞昨日雪宧书。不知药盏齐炉畔,清损容颜几许余。”

沈寿绣《耶稣像》,1915年获得美国旧金山巴拿马太平洋万国博览会一等大奖

张謇认为沈寿的刺绣技艺“精绝为世所未有”,为救治沈寿而竭尽全力。但沈寿病情反复,时好时坏,到1919年,病情已较为严重。为避免人亡技绝,张謇乘沈寿身体尚可的时刻,挤时间与沈寿交流“仿真绣”针法,张謇边问,沈寿

边答，张謇边作记录，积数月而成就一部刺绣技法的书稿。然后“且复问，且加审，且易稿，如是者再三”，至年末书稿成，张謇定名《雪宧绣谱》，交由翰墨林印书局出版发行。翌年上半年，《雪宧绣谱》“已到上海，各书坊皆有发售”。该书后来又由商务印书馆译成英文，以《中国刺绣术》为书名向海外发行。张謇称：“无一字不自謇出，实无一语不自寿出也。”《雪宧绣谱》确为张謇与沈寿心血的结晶，为后世留下一部完整的刺绣技法专著，也为双方在南通的交往留下了浓墨重彩的篇章。1921年，沈寿去世，张謇异常悲痛，拟挽联吊唁：“真美术专家，称寿于艺，寿不称于名，才士数奇，如是如是；亦学诗女弟，视余犹父，余得视犹子，夫人为恸，丧予丧予。”张謇还为沈寿举行了公祭仪式，并亲致悼词。又按照沈寿的遗嘱，将其安葬在黄泥山山麓，墓门上方题写“世界美术家吴县沈女士之墓阙”。从沈寿去世到头七到终七，所有的祭祀和悼念活动，张謇都亲自参加，劳心费力，并在《日记》中一一记录，张謇还留下了大量怀念沈寿的诗篇。与之相应，沈寿的遗物中，亦保留着张謇赠予她的许多诗词、文稿，乃至一张张“便条”。张謇与沈寿无

沈寿与女工传习所学员合影

疑都将对方视为自己的知音、知己。章开沅先生曾说：“张謇与沈寿之间的深厚情谊，建立在相互深切理解的基础上，并且有共同的美的追求作为联结纽带，属于一种高尚的情感境界，所以很难为当时世俗所真正认识，但已经彰显其深远知音文化的影响于后世。”

沈立年长沈寿10岁，是沈寿幼年学绣的启蒙老师。沈立10余岁时，其绣品已在苏州市场上行销。沈寿在北京绣工科担任总教习时，沈立亦在绣工科任教。沈寿到南通任女工传习所所长，沈立随妹妹进入传习所担任教习。沈寿生病时，所内事务多由沈立代理，时间稍长，沈立成了传习所的“二把手”。沈寿去世后，张謇正式任命沈立为传习所所长，并一如继往关心传习所的发展。1922年，沈寿去世周年，张謇在谦亭举行祭奠仪式，沈立等参加了祭奠，“君兄君姊，咸临其涕”。1923年，沈立六十岁生日，张謇亲自前往祝贺。1925年，张謇收到金沙捐赠的一笔款项，立即从中分拨400元给沈立。张謇盛赞沈寿的“仿真绣”绣品，事实上部分绣品是由姐妹俩合作而成，两人风格相近，难分彼此，只是因为沈寿在外名气较大，绣品往往只署沈寿一人姓名，沈寿“仿真绣”的成果中也有着沈立的辛劳与心血。1926年，在张謇的支持下，沈立携女工传习所参展的绣品在美国费城国际博览会上荣获最高荣誉甲等大奖，这是继美国巴拿马太平洋万国博览会后，沈氏姐妹带给南通的又一大惊喜！

沈粹缜是沈寿哥哥沈右衡的女儿，随父亲与两位姑妈一起来到南通，并在南通度过了七年时间。由于沈立未婚，沈粹缜10岁时过继给沈立作女儿，而沈寿未有生育，亦十分喜爱这位侄女。受两位姑妈的影响，沈粹缜从小喜爱刺绣，基础扎实。女工传习所创办初期，因师资紧张，沈寿尝试让沈粹缜担任初级班助教，见她能够胜任，又让她担任班主任。

沈粹缜虽然比有些学生年龄还小，但教法全面，工作勤奋，又与学生关系融洽，很快赢得“小先生”称号。1918年末，张謇欲赠送梅兰芳几件绣品，沈粹缜主动承担任务，精心绣成《碧桃画眉》等绣品，张謇十分满意，特在左上方题诗一首，并题写“属雪宧侄粹缜绣图，浣华小友，啬翁”字样。1922年，张謇七十岁生日，沈粹缜又亲手绣成《祝寿图》赠予张謇，并在左上方写上“啬翁先生七十寿，壬戌五月二十六日敬写”一行小字，下面还有“沈粹缜绣”四字方印。张謇收到后非常高兴。张謇每到女工传习所，必到沈粹缜班上看看这位活泼可爱的姑娘，找她聊聊天。1920年，张謇看到沈粹缜已经成年，一心想为她与老友王康寿的儿子王曜丹牵线，促成一场姻缘，“晋藩第三子曜丹，河海工科毕业生也”。但是，两人无缘，沈粹缜翌年返回苏州担任苏州女子职业中学美术科主任，并经校长介绍，与邹韬奋结婚，去了上海。沈粹缜一生敬重张謇，怀念南通，多次携带邹家华等儿女到南通故地重游。

沈粹缜刺绣作品《碧桃画眉》

张　謇与“通海五才子”

张謇曾写诗称：“昔年乡里推同辈，周顾朱张范五人。旗鼓颜行差少长，风云旅食各冬春。”诗中“周顾朱张范五人”，即时人所赞誉的“通海五才子”。“张”是指张謇本人，其余四位分别是周家禄、顾延卿、朱铭盘和范当世。

周家禄（1846—1910），字彦升，号奥簃。江苏海门（时属通州）人。

顾延卿（1848—1917），名锡爵，以字行。江苏如皋（时属通州）人。

朱铭盘（1852—1893），字日新，号曼君。江苏泰兴（时属通州）人。

范当世（1854—1904），字铜士，号肯堂。江苏通州人。

通州即是今天的南通。南通、海门接壤，同在江委海端。按年龄，“五人”中周家禄为“长兄”，范当世为“小弟”，张謇位居第四，年龄相差最大也只有八岁，是地道的“乡里同辈”。张謇认为，“五人”文才相当，志向远大，结为挚友，自是有缘。只是“风云旅食各冬春”，各自的命运大不相同。张謇 60 岁出头时，其他四人已相继离世，“五人”中仅余张謇一人。

“五人”中，张謇与顾延卿、范当世结交最早。同治八年（1869 年），张謇“识如皋顾延卿……通（州）范铜士（即范当世）”“与为友”。其时，张謇在南通西亭读书，虽然上年在如皋考中秀才，却随即遭遇了“冒籍风波”，处境变得极其糟糕。就在此时，顾延卿、范当世分别以如皋“同案生员”与南通州试“第二”的身份，来到张謇身边，他们给困顿中的张謇带来了慰藉与迎难前行的动力。张謇与周家禄相识在同治十年（1871年），两人有幸同在海门赵彭渊门下就学。张謇当时尚未摆脱“冒籍风波”纠缠，而周家禄已以优贡才名远近皆知，张謇十分珍惜与周家禄的友情，将周家禄视为介于师友间的重要朋友。张謇与朱铭盘交往稍晚，光绪三年（1877年），张謇的“冒籍风波”已经翻篇，并从海门来到南京，又从孙云锦幕上“跳槽”到吴长庆军中作幕，在军中相遇新来的幕友朱铭盘，互生好意，遂“与为友”。

每个时代，青年学子的志向都有着那个时代的特色。19世纪六七十年代，中国已经历了两次鸦片战争，国势衰微，欧风东渐，但科举入仕仍是士林信奉的“正途”，也是“周顾朱张范”共同的奋斗目标。这“五人”平日里刻苦读书，学问上各有专长，虽然都只是生员，却一腔豪情。光绪五年（1879年），“五人”为应科试汇集通城，第一次相聚于范当世作东的酒席上。平时，张謇与他们相聚日短，分离时长，但只要有机会见面，交流的主题，既是“家事国事天下事”，亦是读书心得，“五人”见面往往越谈越投机，越聊越默契。他们有时聚在乡间草堂，有时又去城中茶馆，形式不拘一格，或“游宴从容”，谈笑风生；或“驳难锋起，举坐震骇”；或月下踏步，款款而谈；或同室而眠，“挑灯夜话”。甚至在外出旅途中，张謇与他们亦能即兴发挥，练习文字，相互促进，相得益彰。光绪六年（1880年），张謇与范当世、朱铭盘相伴前往南京，在江面舟楫和奔跑于驿道的马车上，三人不顾劳累，采取联句方式，四天内连赋诗歌四首（含长诗

2首），每首均为集体创作，却浑然天成，不显痕迹。其中《仪征道中联句》中“身世苍茫泣五噫（季），同舟尔我况分离。大河落日重沽酒（当世），席帽谈兵更赌诗（曼）”几句，抒发了挚友间短暂相聚又将分别的离愁之情。而《哀双凤联句三十二韵》中“沧海填精卫（曼君），穷阴种橐吾。天涯感沦落（謇），回首共蜘蹰（铜士）”几句，又抒发了他们追求人生目标的坚定信心。

“周顾朱张范”皆为生员，按应试顺序下一道关卡便是乡试，闯过这道关卡极为困难。五个青年学子中，最终只有朱铭盘较早过了乡试关，张謇则稍晚中了乡试“南元”，嗣后又在会试中状元及第。但张謇六应乡试（1870年、1873年、1875年、1876年、1879年、1885年），五应会试（1886年、1889年、1890年、1892年、1894年），从15岁到41岁，走完全程花费了整整26年时间。横在“五人”面前，与科举入仕同等重要同样艰难的，还有一个生计问题。“五人”中没有一人出生于大富大贵家庭，都明白不解决柴米油盐，谈应试就没有实际意义。张謇在参加乡试过程中，幸会了孙云锦、

张謇（左二）与范当世（左六）等好友合影

吴长庆两位官员，被招揽入幕，后又受王豫熙、陈廷璐、莫祥芝等官员赏识，担任了赣榆选青、太仓娄江等书院院长职务。生活上能够自立，就可以集中精力应付考试。事实上，游走于官府、军营幕府与各地书院，在晚清读书人中极为普遍，“五人”走的就是这条道路。一边借此栖身糊口，一边伺机去闯考场争功名。幕僚、教习是他们当时的主要职业，浪迹天涯，飘泊在外成为他们的生活“常态”。

“五人”中并非每人都能如张謇遇到了生活中的“贵人”，张謇一旦自身有了着落，就立即为其他好友的衣食前途奔忙。他首先向孙云锦、吴长庆推荐周家禄入幕，后又向莫祥芝举荐周家禄、郑孝胥代任娄江书院院长职务，再后又帮助顾延卿、范当世加入张树声等幕府。日后，顾延卿、范当世改赴张裕钊的莲池书院，以及又去吴汝纶的观津书院任教习，张謇也帮了忙。这是因为张謇初到南京即拜张裕钊为师，与吴汝纶亦极为熟稔。张謇中“南元”后，张裕钊、吴汝纶均赠银为贺，吴汝纶贺银高达 100 两。顾延卿日后又因张裕钊、吴汝纶举荐，担任了大清国驻外大臣薛福成的首席秘书，前往英、法、意、比四国任职。

张謇与其他四人天各一方，彼此书信来往不绝。光绪十年（1884 年）以前，顾延卿在广州张树声幕中，某次得到张謇书信慰问，遂赋诗回复：“稻粱家国远，兰檄野田空。寂寞清歌里，天涯唯汝同。”光绪二十六年（1900 年），正在武昌张之洞幕中的周家禄因闻“鄂谣”，立即转告张謇，称京城有人正在罗织罪名，祸及张謇，“属远避”。“五人”中每逢一人或家庭发生变故时，其他四人往往共同承担伤痛，主动排忧解难。光绪十九年（1893 年），朱铭盘因积劳成疾，在旅顺张光前军中去世，年仅 41 岁，张謇闻之“凄惋无涯，名心益冷”。朱妾携幼子朱驎之抵达南通，张謇与范当世、顾延卿决定每年接济这对母子钱“二十六千（吊）”，其中，张謇任十五千，范当世、顾延卿任十一千。朱驎之成年后，张謇又将其安排在天生果园内任职。又如，光绪三年（1877年），张謇为应岁试从南京返回南通，随身只携带“归路之资”，结束岁试回到海门时，已是囊空如洗。却又听说周家禄家中贫困之极，揭不开锅灶的消息，情急之下，立即向乡人谈某借高利贷“二十元助之”“书卷以二分息报之”，以暂解周家禄的家庭困难。而张謇遭受不幸之际，亦同样感受到来自其他四人的温暖。光绪五年（1879年）末，张謇生母金氏去世，张謇在家治丧期间，除朱铭盘因路远发来唁函外，范当世、顾延卿、周家禄皆亲自赶到协助料理丧事。尤其是范当世，表示愿将南通城东范氏祖坟边一块地，赠予张謇用于安葬金氏，张謇再三推让，最终与之达成《与范氏易地卷》。在《与范氏易地卷》中，张謇真情表白：“张、范生死之交，且从今始，子孙世世，长毋相忘。”

光绪二十年（1894年），张謇摘取状元桂冠后放弃仕途，投身于“实业救国、教育救国”实践。在张謇后半程的生涯中，朱铭盘已经去世，“五人”变成了四人，但唯有范当世一度积极参与了张謇创办新式教育的活动。张謇在光绪三十年（1904年）解释说：“因念有师友风义者，至此而师尽。即二三友好，若周彦升，若顾延卿，若范肯堂，均老病支离，不复能如昔日意气，思之可痛。”昔日的青年学子，现已疾病缠身，精气神大不如前，这确实令人遗憾。

苏北通海自明清以来，文气沛然，佳士辈出，“周顾朱张范五人”组合的出现，即是这一文化兴旺景象在近代的延续。“五人”中虽有三人最终止步于乡试关前，但自不能以应试成败论英雄，周“负文誉，校《晋书》尤勤”；顾“朗朗高趣……求诸今代，亦岂易得”；范早年即与两个弟弟并称“通州三范”。朱铭盘身为举人，更不必多说。他们有缘相识，一时并起，当得起“通海五才子”的称号，即使跻身近代士林、面对各地才俊亦毫不逊色。

人物速查

以 姓 氏
汉语拼音为序

G

H

J

K

L

S

T

W

X

Y

Z

后 记

二十年前，当我开始编著《张謇年谱》长编时，就感觉到张謇交往世界的广阔与色彩斑斓，但我从未对这个课题进行探索，一是直觉告诉我驾一叶小舟贸然进入一片陌生的海域，很难轻松到达彼岸，二是年谱长编的编著牵制了我很多精力，我始终无心他顾。出乎意料的是，今年 5 月，这项工作还是落到了我的身上。既然答应约稿人，就得努力完成。我的一个朋友为自己的小孙女取名“一诺”，我很欣赏他们对后辈的人生期待，诚信乃人的立身之本。从领受任务到现在，我没有一天停止过对这个课题的思考，也没有一天停止过前进的步伐。即使在国庆节期间，我亦是白天夜晚坐在电脑前，和在各个航班、高铁上穿梭旅行的人们一样忙碌着。逐渐，我的书稿厚实起来，并在规定时间完成了撰写任务。

书稿取名《张謇与近代百位名人》，试图从人际交往的角度，来折射清末民初的时代大潮与社会变迁，尤其是透视张謇的风雨人生与多彩人生。一个人的社会交往，往往能够反映他的内心和品性。因此，“张謇是谁？”“张謇是怎样一个人？”但愿拙作能为各位读者的再思考、再品味提供一些佐助。如果说到书稿有何创新之处，本人感觉此前虽已有人对张謇的交往世界作过探索，但这次强调了交往双方都是“风云人物”这一点，使得书稿中的交往较前更有代表性、针对性，更聚焦历史舞台的显耀处和关键点，从另一个侧面展示张謇在中国历史转型时期较为独特的地位、角色和作用。书稿收录了张謇与近代百位风云人物的交往实例，较多内容为首次披露。

回顾过去，我编著《张謇年谱》长编（上下两册，下册尚未出版）的经历，以及20年来对张謇资料的持续搜集与不断积累，为本书得以较快、较顺利完成打下了基础。许多学者，特别是南通学者的研究成果，让我受益匪浅，给予我很大帮助，在此谨向你们表示诚挚的感谢！

南通謇文化科技发展有限公司张慎欣先生为本书做了策划和编排，中国环境出版集团党委书记、董事长武德凯同志对此书的出版给予了关心和支持，中国环境出版集团分社社长周煜同志对书稿进行了精心编校，崔维成先生通过上海叔同深渊科学技术发展基金会、王惠一女士通过南通海盟实业有限公司为本书的编写提供了资金支持，中央党校黄任望博士在本书的编写过程中提供了宝贵建议，许晓燕女士为书稿编辑做了大量、细致的工作，在此一并表示感谢！

特别要感谢的是中央社会主义学院党组书记、第一副院长潘岳同志，在百忙中为本书做序，并在如何以历史唯物主义和辩证唯物主义为指导，有效运用史料，揭示、弘扬张謇的理性爱国主义精神等方面，给予了宝贵指导；同时，提出大量文字修改意见。令人感动的是，潘岳同志充分尊重笔者的原创意见，在很多地方给予宽容。

章开沅先生说过：“历史是已经画上句号的过去，史学是永无止境的远航。”愿我们共勉！

庄安正

2018年12月